www.ingramcontent.com/pod-product-compliance
Lightning Source LLC
LaVergne TN
LVHW021226080526
838199LV00089B/5837
* 9 7 8 9 3 6 9 0 8 3 9 5 4 *

چشمہٴ بد دور

(افسانے)

راجندر سنگھ بیدی

© Rajinder Singh Bedi

Chashma-e-Bad-door *(Short Stories)*
by: Rajinder Singh Bedi
Edition: May '2025
Publisher :
Taemeer Publications LLC (Michigan, USA / Hyderabad, India)

ISBN 978-93-6908-395-4

مصنف یا ناشر کی پیشگی اجازت کے بغیر اس کتاب کا کوئی بھی حصہ کسی بھی شکل میں بشمول ویب سائٹ پر اَپ لوڈنگ کے لیے استعمال نہ کیا جائے۔ نیز اس کتاب پر کسی بھی قسم کے تنازع کو نمٹانے کا اختیار صرف حیدرآباد (تلنگانہ) کی عدلیہ کو ہوگا۔

© راجندر سنگھ بیدی

کتاب	:	**چشمۂ بد دور** (افسانے)
مصنف	:	**راجندر سنگھ بیدی**
صنف	:	فکشن
ناشر	:	تعمیر پبلی کیشنز (حیدرآباد، انڈیا)
سالِ اشاعت	:	۲۰۲۵ء
صفحات	:	۱۱۶
سرورق ڈیزائن	:	تعمیر ویب ڈیزائن

فہرست

(۱)	مکتی بودھ	6
(۲)	ایک باپ بکاؤ ہے	37
(۳)	بولو	54
(۴)	گیتا	78
(۵)	چشمہ بد دور	89

مکتی بودھ

یقین مانیے، اس میں نند لال کا ذرا بھی قصور نہ تھا۔ وہ کیا کرتا ـــ؟ اس کی فلم 'امبکا' چل گئی تھی۔

میں بھی ضد ہوں جو ہندی فلم کے سلسلے میں منطق کی بات کرنے جا رہا ہوں! اس پر میں کہوں گا کہ جس منطق سے ہندی فلم فیل ہوتی ہے، اسی سے چل بھی جاتی ہے۔ جیسے اسے کوئی ضد ہو جاتی ہے، چلنے یا نہ چلنے کی۔ ایسی ہی ضد میں نند لال کی پہلی دو فلمیں پٹ گئی تھیں، حالانکہ ان میں سے ایک میں ہیروئن 'اسٹوڈیو کی برسات میں بھیگی بھی تھی، کپڑے اس کے بدن کے ساتھ چپکے بھی تھے۔ معلوم ہوتا تھا جیسے کپڑے ایکا ایکی کہیں نیچے چلے گئے ہیں اور بدن چھٹپٹا کے اوپر آ گیا ہے۔ بھیگنے سے پہلے کتنی مفلس اور نادار سی معلوم ہوتی تھی لیکن جب کیا مال دار نظر آ رہی تھی وہ۔ دوسری فلم میں ہیرو نے خالی ہاتھوں، گلدانوں، صوفے کی ٹانگوں، لیمپ شیڈ

شنزیلیسر کی زنجیروں اور جانے کن کن ہتھیاروں سے کاڈبوائے ولین اور اس کے درجن بھر ساتھیوں کو فراش کر دیا تھا۔ کیسے وہ الٹے شاٹ میں اچھل کر میزنین فلور پر پہنچ جاتا تھا، جہاں ایک رستہ ہوتا ہے — ہمیشہ ہوتا ہے، جس پر وہ جھولتا ہوا پھر نیچے کے دوزخ میں کود جاتا ہے۔ جبھی وِرودھی دَل میں سے کسی نے آناً فاناً اٹھ کر پانگے سے ہیرو کا سر کاٹ دیا — جی، بالکل ہی کاٹ دیا۔ یعنی سر الگ اور دھڑ الگ۔ لوگ ہراساں ہو گئے۔ اب کیا ہوگا؟ ارے یہ تو بالکل ہی مر گیا! وہ جانتے تھے کہ فلم کا ہیرو مر ہی نہیں سکتا اور پھر ہراساں بھی ہونا چاہتے تھے۔ ہیروئن کو شادی کیے بنا ہی وِدھوا کر گیا تو اس سنسار کا کیا ہوگا؟ سرشٹی کیسے چلے گی؟ مگر مانیے تو... کہاں مراوہ؟ جبھی دیکھنے میں کنکریٹ کی دیوار سے دیوی پرکٹ ہو گئی اور نرتیہ کے سب نیموں کا پالن کرتے ہوئے ہیرو کے پاس چلی آئی۔ اس کے کٹے ہوئے سر کو مُدرا میں اُٹھایا۔ ایسے دھیرج سے کہ اُسے درد نہ ہو اور پھر اسے دھڑ کے ساتھ لگا دیا۔ سر لگتے ہی ہیرو نے پہلے ایک چھینک ماری، پھر اُٹھا اور ہری بول، کہتا ہوا ایک طرف یوں چل دیا جیسے کوئی بات ہی نہیں۔ کوئی دعا نہ سلام، شکریہ نہ ڈنڈوت۔ لیکن جب ہال میں کیا تالیاں پٹی تھیں۔ اگر فلم کے آخر میں لوگوں نے نند لال کو پیٹ ڈالا تو اس کی وجہ اسکرین پلے کی غلطی تھی... بات یوں ہوئی کہ دیوی کے ہاتھوں سے تو وہ بچ گیا، لیکن کچھ دیر بعد باہر جا کر سمندر میں ڈوب گیا!

جب نند لال کوئی بی۔ اے فیل نہ تھا، جیسے اب دا مبکا ،

کے بعد وہ پاس نہیں۔ وہ تو وہی تھا۔ فنانس بروکر، جو اپنی حاجتوں کے پیشِ نظر، روپیا لوٹا دیے جانے پہ بھی ہُنڈی واپس نہ کرتا۔ کہیں سال ایک کے بعد اسے پھر اپنی بھلکڑ اسامی کے سامنے پیش کر دیتا۔ مگر، ایک بات ہے۔ نند لال جب بھی پہلے خود ہر کسی کو نمسکار کرتا تھا جیسے آج بھی کرتا ہے۔ ورنہ فلموں میں یہ خلافِ وضع فطری بات ہے۔ یہاں تو جو آپ کے سلام کا جواب نہ دے، سمجھو اس کی فلم چل گئی اور اگر آپ سے پہلے وِش کرے تو گھوٹالا ہوا۔

نند لال کی شکل میں کوئی خاص بات نہ تھی۔ ہماری آپ کی طرح کا آدمی تھا وہ۔ عام ہندستانی قد، وہی رنگ رُوپ، وہی چیچک کے داغ جو بچپن میں بہت نمایاں ہوتے ہیں، لیکن جوانی میں طاقت پکڑنے میں اپنی ہی ایک داب، ایک چھاپ ہو کر رہ جاتے ہیں۔ بیچ میں عضلات کی سُکڑن چھوڑ جاتے ہیں، البتہ جس میں آدمی بات کرنے میں سر کو چھوٹے چھوٹے جھٹکے دیتا ہے، آپ اس سے اُدھار لینے جائیں تو آخر دم تک یہی لگتا ہے وہ دے گا، نہیں دے گا، دے گا، نہیں دے گا...

گو نیپھا سے گدیوں تک آپ ہندستانی سنوں کو جمع کریں اور ان کی تعداد سے حاصل جمع کو تقسیم کریں تو جو اوسط نکلتا ہے، وہ نند لال کی شکل ہے۔ نہیں، ایسے شاید میں آپ کو سمجھا نہیں پاؤں گا۔ آپ یہاں سے ایرانی ہوٹل کولار کی طرف چلیں تو راستے میں دو ونکڑ پڑتے ہیں۔ ان پر لڑنے والے ہر تیسرے اللّٰہ ٹپ آدمی کی شکل نند لال کی سی ہو گی۔ اب سمجھے نا آپ؟ — ٹھیک ہے کرشن کنھیا

کا ایک نام نند لال بھی ہے، مگر کرشن کہاں کے گورے چٹّے تھے؟ وہ بھی تو بھارت ورش میں اُتر اور دکن کے میل کی ایک ناکام سی کوشش تھے۔

نند لال کو اپنے نام کے عامیانہ ہونے سے بہت چڑھ تھی۔ مگر وہ کیا کرتا؟ نام بھی تو وجود کی طرح آدمی کے ساتھ یوں چپک جاتا ہے کہ ایک ہی بار اترتا ہے۔ وہ چڑھ دراصل پیدا کی گئی تھی۔ ایسی حرکتیں بالعموم عورتیں کرتی ہیں، اپنے وجود کو بھول کر ـــ فلمی لڑکیاں اسے کہتیں ـــ کیا جہا بھارت کے زمانے کا نام رکھ دیا تمھارے ماں باپ نے۔ اب اشونی کمار کو دیکھو۔ ہم اسے پیار سے اشو اُشو تو پکار سکتی ہیں۔ نندو کیا اچھا لگتا ہے؟ معلوم ہوتا ہے جیسے ٹھینگا ہے۔ چنانچہ نند لال نے باقاعدہ اور قانونی طور پر اپنا نام دیویندر کمار رکھ لیا، اس امید میں کہ ریحانہ اور جے شری اسے دیو دیو کہہ کر پکاریں گی تو کتنا اچھا لگے گا۔ اس سلسلے میں اس نے ایک پارٹی بھی کی جس میں اسکاچ چلی، کباب کارنر سے افغانی کباب اور ٹِکے بھی آئے۔ پانچ ساڑھے پانچ ہزار کا خرچ بھی ہوا، لیکن نتیجہ کیا نکلا؟ ہر دوسرے تیسرے اسے کوئی مل جاتا اور کہتا ـــ ارے نند لال، سنا ہے تو نے اپنا نام بدل لیا ہے؟ ایک دن رینو آئی جو پارٹی کے دن آؤٹ ڈور کر رہی تھی۔ بولی ـــ اتنی بڑی پارٹی کر دی، نند لال جی اور ہمیں پوچھا ہی نہیں۔ بیوی کہتی ـــ میں نے تو اسی سے شادی کی تھی، میں کوئی دوسرا نہیں جانتی۔ کوئی میم تھوڑے ہوں میں جو آج ایک، کے ساتھ ہو اور کل دوسرے کے ساتھ۔ میرا

تو وہی ہے — اور پھر پاس بیٹھی ہوئی عورت نام لے دیتی — نند لال — اردل مانگنے کے لیے ایکٹر لوگ دفتر میں آتے ہی تھے، چنانچہ اُس دن بھی دیویندر کمار ایسر کا نام پڑھ کر ایک چلا آیا۔ باہر اسٹول پر بیٹھے ہوئے چپراسی نے کہا — ہاں، صاحب اندر ہیں۔ ایکٹر اندر جاتے ہی انھیں پانو پر واپس چلا آیا — وہاں تو کوئی نہیں، وہی نند لال بیٹھا ہے!

نند لال کا مکان معمولی تھا اور بیوی بھی معمولی، مگر کچھ نو دولتوں کی باتیں چلی آئی تھیں اُس میں اِمبکا ے جانے کے بعد۔ اس نے نئی کار خریدی، لیکن اسے بیوی کی اردل میں دے دیا اور خود اسی کھٹارے میں کچھ کچھ کرتا رہا، کیونکہ وہ لکی تھا۔ سپیئر جوتوں کی طرح سے رہنے پر بھی نند لال بڑا مکان لینے سے ڈرتا تھا۔ اس لیے نہیں کہ کل کلاں شاید اسی میں لوٹنا پڑے بلکہ اس لیے کہ اس کے بھاگیہ اُودے ہونے کی شری گنیش اسی لاطور بھون میں کے دو کمروں اور بالکونی سے ہوئی تھی۔ چنانچہ اسی کی دیواروں پر اس نے سخت چمکیلے، بھڑکیلے، چکو مارواڑی رنگ پوت لیے تھے۔ فرج، ٹیلی وژن تو آج ہرا ننت رام، بے انت سنگھ کے پاس ہوتے ہیں، اس لیے کہیں تو امتیازی شان پانے کی پھڑپھڑاہٹ اور بیوی کو خوش کرنے کی لالسا میں اس نے اپنے ڈبل بیڈ کے پائے چاندی سے مڑھوا لیے اور بیوی بار بار پہلو بدل کر اپنے پتی کی بے خوابی کا ساتھ دینے لگی۔ سب کچھ کتنا فراواں اور کم کم معلوم ہوتا تھا۔ ایک وہ وقت تھا جب فرش بھی عرش تھا ان کے لیے اور ایک یہ جس میں عرش بھی سرپیٹ کر

رہ گیا تھا۔ بہرحال نند لال کو جو بھی کرنا تھا، انھی دو کمروں میں اور جو نہیں کرنا تھا وہ بھی انھی میں۔

نند لال کے اِرد گرد کی سب چیزیں عامیانہ بلکہ سوقیانہ ہونے کے باوجود ایک چیز بڑی اچھی تھی، جو پدر بلے جنم کے کسی پھل میں چلی آئی تھی، اور وہ تھی مورننگ گلوری کی بیل جو کیسی بے خودی سے اس کے گھر کی دیواروں پر پھیلی تھی۔ اس میں اسکارلٹ او ہارا کے پھول پھوٹ کر ہر آتے جاتے کے اندر لال بخار پیدا کرتے تھے۔ لوگ عام طور سے یہی سمجھتے تھے کہ اس گھر کے باسی کتنے تازہ ہیں، کتنے خوش نداق ہیں۔ پھر ان کے جلدی سے میں ریاض کرتی ہوئی کسی لڑکی کی آواز مل جاتی۔

پنگھٹ پہ نند لال مجھے چھیڑ گیو رے

اور سدھا، نند لال کی بیوی اُٹھ کر سب کھڑکیوں کے پٹ بند کر دیتی۔

فلمی اشتراکیت میں کوئی اکیلا نہیں کھاتا — کھا بھی نہیں سکتا۔ کسی کے ابکائے جاتے ہی سب کے کان ہو جاتے ہیں اور وہ گنگٹوک کی جونکوں کی طرح سے کچھ یوں چمٹتے ہیں کہ آدمی کو پتا ہی نہیں چلتا۔ ادھر آدمی گرتا ہے، ادھر جونکیں گر جاتی ہیں — نند لال کا سا اصیل آدمی یہی کہتا ہوا پایا جاتا ہے — اچھا، تم میرے تاؤ کے میرے بیٹے ہو، اچھا؟ ہاں، ہاں، سنا تھا تمھارے بارے میں کیا کروں یار، جب سے اُمبکا چلی ہے، میرا فیوز ہی اُڑ گیا ہے۔ بس، دیوی ماں کی مہربانی ہے — کیا پیو گے؟ اور وہ میرا بھائی پینے کی بجائے کھانے بیٹھ جاتا ہے اور ہمیشہ کھاتا رہتا ہے۔

رات بیوی جب میاں کے ساتھ بھینچ کر لیٹتی ہے تو کہتی ہے —

ہائے جی! تمھارے پتا کا تو بڑا بھائی تھا ہی نہیں کوئی ــــ

ایں؟ نند لال کہتا ہے ــــ ان کا کوئی دوست ہوگا۔ سو جاؤ، سر مت کھاؤ میرا۔

ہیرا لال پانچواں ورن ہے جو آد سے چلا آیا ہے۔ حیرانی کی بات ہے کہ وہ منو مہاراج کی گنتی میں کیوں نہیں آیا؟ پیڑ الگ، پتے الگ تو دیمک اور ارض بھی الگ ہوتے ہیں۔

اور آج تو اس پانچویں ورن کے بنا وافر پیسے اور اُمبکا کا کوئی حل ہی نہیں ــــ

جتنا آپ اس کا ســہ لیس نسل کو ختم کرنے کی کوشش کریں گے، اتنی ہی اس میں لچک، اتنا ہی چونچال پن اور مقاومت پیدا ہو جائے گی۔ کچھ دیر کے بعد کاکروچ اور چوہے زہر کی گولیاں ہضم کرنا سیکھ جاتے ہیں۔ آج کوئی نہیں کہہ سکتا کہ اسے خوشامد پسند نہیں۔ نہیں وہ خدا سے بھی بڑا ہو گیا۔ پھر آپ اگر پہلو بدلتے ہیں تو یہ ورن بھی نیا پینترا پیش کرنا جانتا ہے۔ آج کا طفیلیا کبھی بھی سیدھے سیدھے مرد کو عقل مندا ور عورت کو خوبصورت نہیں کہتا۔ وہ ہمیشہ کہتا ہے ــــ ناک کیسی بھی ہے، مگر تمھارے چہرے پر پھبتی ہے بھابی ــــ خوبصورتی کا یہی مطلب نہیں کہ رنگ گورا ہو ــــ آج کل تو۔

رنڈ سالا ــــ سارا دن اپنی زبان اور سامنے والے کے کان کی مالش کرتا رہتا ہے۔ یہ جو آدمی شدھا اور نند لال کے پاس آیا تھا، اس کا نام ہیرا تھا۔ شاید لال بھی ہو ــــ ہیرا لال۔ ناصر، جوشی، پانڈے، رام نواس کے طریقے الگ تھے اور ہیرا لال کے الگ۔ وہ

فلموں میں پلے بیک سنگر ہونے آیا تھا۔ ہیرا آج کے زمانے کا آدمی تھا۔ اس کی شکل ماڈ تھی اور عقل بھی ماڈ۔ اس کے بال بے طرح لمبے تھے اور گھنے، گھناؤنے۔ انسان کے ہونے کے بجائے وہ کسی گھوڑے کے معلوم ہوتے تھے مگر برل کریم کی کرشمہ سازی سے اطاعت پذیر ہو کر وہ کنڈل اور کڑیاں بن کر کاندھے اور گلے میں لٹک رہے تھے۔ ہیرالال جس کا مقدر پانچواں ورن تھا، یوں پہلے ورن کا آدمی تھا۔ براہمن۔ اس کا رنگ کھلتا ہوا تھا اور سرخ بھی، جیسے پتّے سے پی ہو۔ گول چہرے کو لمبی قلموں نے فلینک کر رکھا تھا۔ یوں معلوم ہوتا تھا جیسے وہ راج بھون ہے جس کے پھاٹک پر گارڈ ہاتھوں میں بندوقیں لیے کھڑے ہیں۔ بشرٹ عنابی، فلیئرز سیمابی۔ ایسا تضاد نا داری کی وجہ سے ہوتا ہے اور یا پھر اس وقت جب آدمی کپڑے کی حد سے گزر جاتا ہے اور فن کے اوج کو چھو لیتا ہے۔ اس کی سیتم کا رسا، کہیں گلے میں بیٹھ گیا تھا۔ جب وہ گاتا تو عورتوں میں کوئی بے نام سے جذبے پیدا ہو جاتے۔

ہیرالال کی بھی انٹری فلم جگت میں آبائی جایداد کو بیچ کر آنے سے ہوئی۔ اس نے بھی فلم بنائی اور، خدا آپ کا بھلا کرے، مار کھائی۔ اس کے گرد بھی پانچویں ورن کے بیسیوں آدمی جمع ہو گئے اور اسے جینئس ثابت کر کے چلتے بنے۔ کتنے سانپ لوٹے ہوں گے ہیرالال کے سینے پر جب اپنی ہی فلم میں اسے پاپولر پلے بیک سنگر کو لینا پڑا کیونکہ میوزک ڈائرکٹر نامی تھا اور اس نے ضد پکڑ لی تھی یہاں کوئی کسی نئے آدمی کو آزمانے کی ہمت نہیں رکھتا۔ یہ جانتے ہوئے کہ کسی وقت وہ بھی تو نیا تھا اور کسی نے اسے چانس دینے کی

حماقت کی تھی۔ ایک خلا اور خوف ہیں جو ہر آن فلم انڈسٹری کے اذہان کا احاطہ کیے رہتے ہیں۔ بڑے بڑے بھی کسی دوسرے بڑے کے سہارے بڑے پکاتے ہیں۔

ہیرا کو غلط فہمی تھی کہ اس کی فلم اس بڑے پلے بیک سنگر کی وجہ سے پٹی۔ اس کا یہ وہم خود پرستی پر نہیں تو اور کس بات پر مبنی تھا؛ وہ یہ جاننا ہی نہ چاہتا تھا کہ فلم کی آمریت میں پلے بیک سنگر تو ایک معدنی شے ہے، پیسے کی آکسیجن بنانے کے لیے جسے استعمال کیا جاتا ہے۔ اصل بات تو ہیرو ہے اور ہیروئن — اور کہیں کہیں بیچ میں ڈائرکٹر۔

رہ رہ کر ہیرا کو مکتی بودھ کی یاد آتی تھی۔ وہ ہوتے تو اس کی یہ دُرگت نہ ہوتی۔ مکتی بودھ اپنے زمانے کے ٹاپ کے میوزک ڈائرکٹر تھے۔ کبھی پورے دیس میں ان کی دُھنیں گونجی تھیں۔ لیکن جب سے چوری یاری رواج ہوئے، وہ پچھڑ گئے۔ تعیش کے اس قانون میں وہ یک زوجہ آدمی — عمر بھر ایک ہی محبوبہ کو نہارتے رہے جو اب ان کا منہ چڑاتی، انھیں گالی دیتی تھی اور جس کا نام تھا سنگیتا بھارتی!

اس پر بھی مکتی بودھ اسی جوش و خروش سے خلاقی کی باتیں کرتے تھے۔ لوگ انھیں منہ پر تو کچھ نہ کہتے لیکن کچھ دور جا کر ہنس دیتے۔ ان کی غزل تک کا بھیس اب بھی پہاڑی، تلک کامود یا گوڑی پوربی ہوتا، حالانکہ آج کا تقاضا تھا کہ سر شوپاں کا ہو، دھڑ ہریسن کا اور پانو — کسی کے بھی۔

ہیرا کا بال بال قرض میں بندھ گیا تھا اور اب وہ اس منزل

پر پہنچ گیا تھا، جس میں آدمی آخر بے حیائی اختیار کر لیتا ہے۔ کپڑے جھاڑ کر اُٹھتا اور تشنجی انداز میں پورے بازو پھیلا کر کہتا ہے۔ کچھ نہیں ہے میرے پاس دینے کو۔ بگاڑ لو جو بگاڑنا ہے میرا۔ سیٹھ لوگ سوچتے اب اس کا اور بگڑ ہی کیا سکتا ہے؟ حوصلے والے اس کے لیے دعا کرتے، پچیس پچاس اور بھی دے کر جاتے، تھڑدِلے دیواروں سے سر ٹکراتے اور یا پھر کچہریوں میں دھکے کھاتے۔

کبھی ایک ہاتھی میرے ساتھی کو ہیرا نے فلیٹ لے کر دیا تھا۔ احتیاج میں ہیرا اُسی میں اٹھ آیا، لیکن وہاں بھی فون پر فون آنے لگے۔ یہ آلہ جو کروڑوں کا کاروبار کرتا ہے اور یا پھر عاشقوں کی چُو چُو مُومُو کی ترسیل، ہیرا کے لیے پھنیرا سانپ ہو گیا۔ آخر ایک سہانی صبح کو ہیرا کے اس پروردے نے اس کا سامان اٹھا کر سڑک پر رکھ دیا، جو سامان بھی نہ تھا۔

وہاں، راشن کی دُکان کے نکڑ سے، جو اب ہیرا کا رین بسیرا ہو گیا تھا، ایک ہی خوبصورت چیز دکھائی دیتی تھی —— نندلال کے مکان پر لپکی ہوئی بیل!

مگر جب 'امبکا' شروع بھی نہیں ہوئی تھی تو ہیرا نے نندلال کو آتے جاتے دیکھا تھا۔ یہ 'مبادا' کے انداز میں اسے نمستے کرتا تھا اور وہ 'شاید' کے انداز میں جواب دیتا۔ پھر پبلک لیٹرن کے نل سے دھوئے بنائے ہوئے کپڑوں میں ہیرالال شری روکڑا کے پاس گیا، جو بہت ہی نامی پروڈیوسر تھا۔ لیکن اس نے اپنے اس نیازمند کو دیکھنے تک کی پروا نہ کی۔ ہیرا کچھ سمجھ گیا۔ جب تک کوئی آدمی خود کو کسی کے لیے

ناگزیر نہ بنا لے، کام چلتے ہیں بھلا؟ اس نے رگھو دلال سے دوستی بڑھائی اور ناز سینما کے پاس کافی ہاؤس میں جانے لگا۔ جہاں کسیلی کافی کی ایک پیالی اور بھنے سڑے ہوئے کیشونٹ کے چند دانوں پہ فلم والوں کی قسمت بن یا بگڑ جاتی ہے۔ رگھو نے ہیرا کی مدد کرنے کا وعدہ کیا۔ ہیرا آخر دم تک یہی سمجھتا رہا، رگھو وہ سب میرے لیے کر رہا ہے ۔ مگر وہ تو روکڑا کے انگوٹھے کا نشان چاہتا تھا۔

اپنے سیٹھ سے بات کر لینے کے بعد رگھو ہیرا کے ساتھ روکڑا کے ہاں پہنچا۔ اتنے کم سود پر کسی کو پیسا ملے تو کون چھوڑتا ہے؟ جتنا بڑا پروڈیوسر ہو اتنا ہی سود کم لگتا ہے اور جتنا سود زیادہ ہو اتنا ہی پروڈیوسر کم ہو جاتا ہے۔

روکڑا کو فون ہو چکا تھا۔ جب ہیرا اور رگھو، بلکہ رگھو اور ہیرا اس کے پاس پہنچے تو انھوں نے خود آکر دروازے پر اس جوڑی کو ریسیو کیا۔ اپنے فلمی سیٹ کے سے آفس میں چیک ٹی سیٹ میں انھوں نے خود اپنے ہاتھوں سے چائے بنائی اور پلائی۔ باتوں میں جب روکڑا صاحب نے کہا۔ ہاں، ہاں، میں ہیرالال جی کو بڑی اچھی طرح سے جانتا ہوں تو دونوں ہیرا لال اور رگھو نے ایک دوسرے کی طرف دیکھا۔ ہیرا نے ناز سے، رگھو نے نیاز سے۔ پھر انگوٹھے کا نشان یعنی دستخط وغیرہ ہوئے، رقم اس جیب سے اُس جیب میں گئی اور دونوں خوش خوش لوٹے۔ کچھ ہی دنوں میں ہیرالال کو پتا چل گیا ۔

ہیرالال نے دیکھا اس کی اصلی جگہ وہی ہے، جہاں روکڑا صاحب

کا چپراسی بیٹھتا ہے۔ باہر وہی دروازے پر کی سُرخ بتی صاحب کے مصروف ہونے کی نشاندہی کر رہی تھی۔ ہیرا باہر بیٹھا ہوا سوچ رہا تھا کہ صاحب مصروف بھی رہے گا تو کتنا — دو گھنٹے، چار — پانچ — اسے خبر نہ تھی، گھنٹے دن میں بدل سکتے ہیں اور دن مہینوں میں۔

بیچ میں رگھو نے ہیرا کو اس عالم میں دیکھا بھی اور کہا — تم تو کہتا تھا روکڑا تیرا بڑا یار ہے، یار؟ وہ تو میں اب بھی یہی کہتا ہوں — ہیرا لال نے گھبرا کر جواب دیا، آخر انسان ہے، اس سے کبھی مصروفیت ہو ہی جاتی ہے —

ہے بھگوان — مجھے آخر چاہیے کیا تھا — یہی نا، ایک پلے بیک، روکڑا کے پاس!

یہ ایسے ہی تھا، جیسے کوئی مفلس اوپر دیکھ کر کہتا ہے — اللہ! میں تجھ سے آخر مانگتا ہی کیا ہوں، یہی دو روٹیاں نا؟

ہیرا کی فریاد اس مفلس کی فریاد سے بھی زیادہ اندوہگیں تھی۔ غریب خدا کے ساتھ جُوا کھیلتا بھی ہے تو اسٹیک کیا ہوتا ہے اس کا — یہی دس پیسے نا —؟

روکڑا دوسرے کروڑ کی فکر میں ہے۔ میں ابھی پہلے کروڑ کی — اور ہنسی، جو رونا بھی نہ تھی۔

پیسا اس کے پاس آتا ہے، جس کے پاس پیسا ہو۔ اس لیے ہیرا بھیک مانگ کر بھی کچھ پیسے جیب میں ڈال لیتا تھا، سوگندے کر کہ وہ اس گداگری کو پیشے کے طور پر کبھی اختیار نہیں کرے گا۔

کام اس کے پاس آتا ہے، جس کے پاس پہلے ہی کام ہو۔

اس لیے ہیرا صریحاً جھوٹ بولتا تھا ـ پانچ پچھڑوں میں پلے بیک دے رہا ہوں میں ـ کوئی شروع نہیں ہوئی، کوئی ہو رہی ہے. گویا اس نے تین روپے کمائے، جن میں دو کھوٹے تھے اور ایک چل نہیں رہا تھا. جو چل نہیں رہا تھا اسے تین صرافوں کو دکھایا، جن میں سے دو اندھے تھے اور ایک کو دکھائی نہیں دے رہا تھا، وغیرہ......

بیچ میں ہیرا کی مکتی بودھ سے بھی ملاقاتیں ہوئیں. یہ کہ ان کی حالت اور بھی خستہ ہو گئی ہے، ہیرا لال کو ان کی باتوں سے پتا چلا ـ برشم قلندر! جسے میرے پاس آنا ہے آئے، نہیں آنا نہ آئے. میں نا گیا کسی کے پاس. غضب خدا کا، یہ گھمسان کا میوزک دینے کے بعد بھی اگر لوگ مجھے بھول گئے ہیں تو بھول جائیں ـ اور پھر، یہ ہو کیا رہا ہے دنیا میں. جھوٹ کا مول ہے، سچ انمول ہو کر رہ گیا ہے!

مکتی بودھ کو چاہیے تھا گھر سے باہر نکلتے تاکہ اسے دیکھ کر ہی کسی کو تو بھولے بسرے یاد آجائے اور کچھ نہیں تو کھلی ہوا سے پھیپھڑے ہی صاف ہو جائیں.

ایک بار وہ نکلے بھی ـ اور تو اور اسی سنگیتا بھارتی نے کوڑے کی ٹوکری ان کے سر پہ خالی کر دی!

پیسے کو عورت چاہیے تو عورت کو بھی تو پیسا چاہیے!

اس کے بعد مکتی بودھ اندر ہی اندر، اور اندر اپنے آپ میں سمٹ گئے. جہاں انھیں اپنے ہی لہو کا سنگیت سنائی دینے لگا.

ہیرا لال ان کے پاس بیٹھا تھا، جب مکتی بودھ نے اپنے مستک کی طرف اشارہ کرتے ہوئے کہا — جو یہاں لکھا ہے، ہیرا، وہ مل کر رہے گا۔

ہیرا لال نے مکتی بودھ کے ماتھے کی طرف دیکھا، جہاں چند بے ربط لکیروں کے سوا کچھ بھی نہ تھا۔ بائیں طرف ایک گھنڈی سی بنی تھی۔ شاید اسی نے قسمت کے بہاو کو روک لیا تھا۔ جبھی کنڈلی دیکھنے والے پنڈت، مکتی بودھ کے پاس سے اُٹھ کر چلے گئے۔ جیسے اُن کا بھی سہارا چلے جانے پر انھوں نے جھلاکر ہاتھ ہارمونیم پر مارا اور تھوڑی آ آ کے بعد ایک غزل شروع کر دی، جو پیلو میں باندھی گئی تھی —

کیا جانیے کیا ہو گیا اربابِ جنوں کو
مرنے کی ادا یاد نہ جینے کی ادا یاد

خشوع و خضوع کے آنسو مکتی بودھ کی آنکھوں سے بہہ رہے تھے، جس نے ہیرا کے بھی بندھ کھول دیے۔ یہ وہ دن تھے جب نند لال کی اُمبکا ہٹ ہو گئی تھی۔ ہیرا نے جلدی سے اپنے آنسو پونچھے۔

— آئیڈیا!

نند لال بُری طرح سے پانچویں ورن میں گھرا ہوا تھا، جب کہ ہیرا لال بڑی خاموشی سے آ کر نیاز مندانہ ایک طرف بیٹھ گیا۔ صاحب سلامت تو ہو ہی چکی تھی، مگر نند لال اسے آگے بڑھنے دینا نہ چاہتا تھا۔ وہ پہلے ہی گجو، ڈانڈیکر، فیروز اور ان کی قبیل کے لوگوں سے گھبرایا ہوا تھا۔ جیسے ہر امیر آدمی کی بیماری میں ملاقاتی ڈاکٹر،

حکیم اور وید بن جاتے ہیں ایسے ہی سب لوگ اسے آیندہ کے لیے مشورے دے رہے تھے۔ اگر ناکامی میں نندلال کچھ سوچ بھی سکتا تھا تو اب کامیابی میں وہ بالکل کنفیوز ہو گیا۔

نندلال جب دوسروں سے باتیں کر رہا تھا تو ہیرا لال اپنی کمین گاہ سے نظریں اس پر فوکس کرنے لگا جیسے وہ کسی مسمرزیم یا تانترک ودیا کے گر جاننے لگا ہو۔ احتیاج آدمی کو کیا کچھ نہیں سکھا دیتی؟

اچیٹ کر نندلال کی نظر جو ہیرا پر پڑی تو وہ اپنی نگاہیں ہٹا ہی نہ سکا۔ جیسے اس نووارد میں کوئی خاص بات ہو۔

کیا حال ہے؟ — نندلال نے تکلفاً پوچھ ہی لیا۔

اپنی جگہ پر کسمساتے ہوئے ہیرا نے وہیں سے ڈوری پکڑ لی — بس کرپا ہے امباجی کی۔

نندلال چونک گیا۔ اُسے یوں لگا جیسے امبا ماں نے خاص طور پر اسے اس کے ہاں بھیجا ہے۔ امبا ماں جس نے چھ لاکھ کے خرچ پر کروڑ لوٹائے۔ پھر وہ ڈر گیا — کہیں یہ بھی تو وہ نہیں ہے؟!

مہینہ بھر ہیرا نے اپنا عندیہ نندلال سے چھپائے رکھا، جس سے نندلال میں ایک عجیب نفسیاتی اُلجھن پیدا ہو گئی۔ وہ اب تک لوگوں کی فرمایش اور اپنے انکار کا عادی ہو چکا تھا۔ ہیرا نے کام بھی پکڑا تو نندلال کے نئے دفتر کا۔ وہ پائی پائی پر انٹیریر ڈیکوریٹر سے لڑتا۔ پچیس ہزار کے خرچ پر نندلال اُسے پانچ ہزار ایڈوانس دینا چاہتا تھا، لیکن ہیرا لال نے اس کے ہاتھ روک لیے اور اُسے پانچ سو میں نپٹا لیا۔ کچھ دن کے بعد پھر اسے ایک ہزار دے دیا — آخر

سامان تو ہمیں ہی دینا ہے، اسے تو سب اپنے دماغ ہی سے نکالنا ہے نا۔ وہی دلیل جس کی وجہ سے کوئی فن کار اپنے پیشے سے روٹیاں نہیں نکال سکا۔ لیکھک کو ساتھ میں پیاز کی دُکان ضرور کھولنی چاہیے۔

اور ایسا ہوتا بھی ہے کہ جو آدمی پیسے کے لیے لٹکایا جاتا ہے، زیادہ تندہی سے کام کرتا ہے۔ پھر ہیرا نے شدھا بھابی سے پوجا کا معاملہ طے کیا۔ نند لال شدھا کو ہمیشہ اِگنور کیا کرتا تھا۔ لیکن اب یہ ہیرا ہی کی وجہ سے تھا کہ سدھا کو دفتر کے مہورت پر مُکھ رکھا گیا۔ پوجا میں تو وہ تھی ہی تھی، لیکن دوسری باتوں میں بھی سب سے آگے۔ اصل میں وہی دیوی تھی جس کے پاؤں کی خیرات سے نند لال بنارسینکڑوں لوگ نند لال کے لیے نہیں، 'امبکا' کی کامیابی کی خاطر آتے تھے۔ وہ پہلے شدھا کو نمسکار کرتے تھے، جس سے اسے اپنا وجود ضروری، خوبصورت اور امبکا معلوم ہونے لگا تھا۔

ہیرا نے اس قدر خوبصورت طریقے سے نند لال کو گرگوں سے بچایا تو نند لال کے دل میں اس کے لیے عزت بڑھ گئی۔ پھر آیا وہ آئیڈیا کا دن!

دن ابھی شام میں ڈھل نہ پایا تھا کہ نند لال ہی کے گھر میں ہیرا نے عشاء کی نماز کی تیاری شروع کر دی۔ اس وقت وہ وضو کر رہا تھا، جب کہ نند لال چونکا ــــ تم مسلمان ہو؟

نہیں تو

تو پھر ــــ یہ؟

میں سیکھ رہا ہوں، نماز کیسے پڑھی جاتی ہے ؟

وہ کس لیے ؟

میں ایک مسلم سبجیکٹ بنا رہا ہوں، نند لال جی — ہیرا نے کچھ رُکتے ہوئے کہا — دراصل میں اس کا ٹائیٹل اِمپا میں رجسٹرڈ کروا آیا ہوں اور اس نے جیب میں سے رسید نکالی۔ واقعی ٹائیٹل ہیرالال پنڈت کے نام رجسٹرڈ تھا، اور وہ تھا — سجدہ!

ارے! — ہیرا نے ایک دم کہا، جیسے کوئی بھولی ہوئی بات ایکدم اُسے یاد آگئی اور جو پہلے ہی کوندے کی طرح سے لپک کر نند لال کے دماغ میں آچکی تھی اور اسی لیے منطبق ہوگئی — یہ فلم آپ کو بنانی چاہیے۔ آپ جو کسی بات کا فیصلہ نہیں کر پا رہے ہیں، آج ہو گیا — فیصلہ! بات یہ ہے، 'امبکا' بنانے کے بعد آپ نے پوری ہندو قوم کو رام کر لیا ہے، 'سجدہ' سے پوری مسلمان قوم کو رحیم کر سکتے ہیں۔

ہیرالال —

جی، نند لال جی ؟

ٹائیٹل . . . .

ٹائیٹل میرے نام ہے تو کیا ہوا ؟ — آپ کے لیے تو میری جان بھی حاضر ہے۔

نہیں، میں سوچ رہا تھا — ٹائیٹل بہت دھانسو ہے۔

جب ہی ہیرالال کو پتا چل گیا کہ وہ نشانے سے تھوڑا آگے ہی نکل گیا ہے۔ چنانچہ اس نے باتوں میں اُلجھائے رکھنے کی بات سوچی۔

یوں بھی دن بھر اِدھر اُدھر جھک مارنے سے نندلال کی مدافعت کی سب قوتیں ختم ہو چکی تھیں۔ پھر اُس وقت وہاں کوئی دوسرا تھا بھی نہیں۔ شدھا بھابی جی کے ساتھ سازش کر کے اُس نے آنے جانے والوں کے تانتے کو بکھیر دیا تھا۔ اس وقت وہ نندلال اور اس کے خدا یا دیوی کے بیچ اکیلے تھے — ہیرا کہے جا رہا تھا مسلمانوں کے اٹھنے بیٹھنے، ان کے کلچر میں وہ بات ہے جو ہندوؤں کو بھی بہت پسند آتی ہے — دیکھو نا، بیٹی کیسے باپ کو آداب کہتی ہے اور ساتھ میں ابّا حضور بھی۔ سامنے آکر بھی کتنا خوبصورت پردہ ہے جو آج کے ننگے پن میں کہاں ہے؟

میں سمجھ گیا۔

نہیں، آپ نہیں سمجھے — مسلمان جو بھاشا استعمال کرتے ہیں، وہ کتنی سندر ہے۔ شکیلہ بانو بھوپالی جب قوالی کرتی ہیں تو گجراتی ہندو بھی پاگلوں کی طرح سے داد دیتے ہیں، چاہے ایک لفظ بھی ان کی سمجھ میں نہیں آتا۔

اُس کی بات چھوڑو — وہ سب سمجھا دیتی ہے۔

اس پر نندلال اور ہیرا دونوں مل کر ہنسے۔ انھوں نے دیکھا کہ شدھا بھی کبارڈ کے پیچھے کھڑی ہنس رہی ہے!

پھر مشاعرے پر بات چلی آئی، جس کے سامنے کوئی سمیلن کا رنگ نہیں جمتا۔

تو — 'امبکا' کے بعد 'سجدہ' — بیچ میں نعت، قوالی، مشاعرہ کوٹھا، غزلیں، چوڑیدار، مقیش لگے، لہراتے ہوئے دوپٹے، اور

آخر — پیسا!

بات ہو چکی تھی، مگر نند لال کا قدرتی حربہ آڑے آ رہا تھا، یعنی کہ سر کے جھٹکے۔ کبھی لگتا تھا فلم بنے گی، کبھی نہیں بنے گی، بنے گی، نہیں بنے گی —

میوزک ڈائرکٹر کے طور پر مکتی بودھ جی کا نام تجویز ہوا تھا، اس لیے کہ وہی ایک ایسے آدمی تھے، جو ہیرا لال کے پلے بیک سنگر بننے کے خواب پورے کر سکتے تھے۔ ہیرا نے نند لال کے سامنے اپنی بات ہی نہ کی، کیونکہ اندر سے وہ جانتا تھا کہ مکتی بودھ آجائیں گے تو وہ خود بھی آجائے گا۔ اس کا چانس سینٹ پر سینٹ ہے۔ نند لال کا اعتراض تھا کہ اس میں کوئی شک نہیں کہ مکتی بودھ ایسا سنگیت کار انڈیا نے ابھی تک پیدا نہیں کیا، لیکن آج کل وہ بکتے نہیں۔ دوسرا ہندو ہونے کے ناطے وہ نعت کیسے بنائیں گے؟ پلے بیک سنگر بھی چوٹی کا ہونا چاہیے کیونکہ اردو بھاشا میں 'ک' دو طرح کے ہوتے ہیں، جن میں سے ایک گلے سے نکلتا ہے اور دوسرا — دوسرا نامعلوم کہاں سے؟ ایسے ہی 'س'، 'آ' — عرق عشبہ کو ٹھیک سے بولیں تو اُتار (عطار) کا لڑکا کہے گا — ہے تو میرے پاس، پر اتنا گاڑھا نہیں ہے — اور ہیرا کانپ گیا۔

لیکن جیسے تیسے اتنے بڑے آدمی کو، جس کی 'امبکا' ہٹ ہو گئی تھی، مکتی بودھ کے گھر لے ہی آیا۔ نند لال نے بڑی عقیدت سے ان کے چرن چھوئے، مکتی بودھ جی نے وہسکی اور دوسرے لوازمات کا بندوبست کر رکھا تھا۔ جتنی دیر یہ سب لوگ پیتے پلاتے،

پیتے کھاتے رہے، مکتی بودھ مسلم کلچر ہی کی باتیں کرتے رہے ۔ آخر طے ہوا کہ گوروار کے روز ان سے کانٹریکٹ کریں گے کیونکہ وہی دن دیوی ماں کا ہے۔ نند لال نے جاتے ہوئے بھی اتنے بڑے میسٹرو کے پانو پر سر رکھا اور مکتی جی کو یقین ہو گیا کہ اس دن اُن کا کانٹریکٹ ہو ہی جائے گا۔ دونوں لال چلے گئے، پیچھے وہی دو ٹوٹڑو رہ گئے لیکن آج اُس بڑھیا سنگیتا نے اپنے بڈھے کے لیے گاجر کا حلوہ بنایا تھا۔

فلمی دنیا میں ہر خبر جنگل کی آگ کی طرح پھیلتی ہے۔ جہاں اتنے بڑے پروڈیوسر کی تصویر میں میوزک دینے کے لیے لوگ مکتی بودھ کے پاس آنے لگے، وہاں قرض خواہ بھی جو مایوس ہو چکے تھے مکتی بودھ سب کو کہنے لگے — آپ گوروار کے روز آجائیے اور اپنا حساب لے جائیے — اور پھر..... نہیں نہیں گوروار نہیں۔ میرا خیال ہے اگلے منگل۔ بات یہ ہے نند لال چیک میں پیسے دے گا تو وہ سنیچر کو بینک میں پڑیں گے اور آپ تو جانتے ہیں، اس دن کوئی کلیرنس نہیں ہوتی۔ سوموار کو چیک جائے گا اور منگل کی شام کو میرے بینک میں آئے گا۔ اس لیے بدھ ہی کو آئیں تو اچھا ہے۔ مکتی بودھ حیران ہوئے کہ کسی کو ان کی یہ بات بُری نہیں لگی۔

رات جب مکتی بودھ سونے لگے تو ایک عجیب سی شکر گزاری کا جذبہ ان پر رینگنے لگا — آخر بھگوان نے سن لی میری۔ دینا ناتھ شاستری، جیوتش آچاریہ تو کہتے بھی تھے کہ بس آپ کے ایسے دن آنے والے ہیں کہ آپ پہلے کے شکھر سے بھی اوپر پہنچیں گے

ایک نہیں شاید آپ کو پانچ چھے کانٹریکٹ بھی ملیں۔ ہو سکتا ہے راج دربار کی طرف سے مان بھی پراپت ہو۔ بس جب آپ کے چاند پر سے منگل گزر جائے گا تو پتنی کی طرف سے بھی چنتا نہ رہے گی۔ اور گورو کے مارگی ہوتے ہی لکشمی آپ کے گھر ڈیرا ڈال لے گی۔ پھر انھیں بیوی کا خیال آیا۔ وہ ہنسے — ایک گھر میں دو عورتیں کیسے رہ سکتی ہیں؟!

سٹی سول کورٹ سے ایک ٹاپخ بھی مکتی بودھ جی کے ہاں کی سب چیزوں پہ لگی تھی۔ جب لال برادران وہاں تھے تو بڑھیا نے کس صفائی سے سب چیزوں پر لگی ہوئی ٹاپخ کی چیپیاں چھپادی تھیں کسی پر میز پوش ڈال دیا تھا، کسی پر چادر۔ اگلے ہی روز بیلف وغیرہ کو کچھ دے دلا کر مکتی بودھ جی نے سامان پر قبضہ اور نیلامی کی تاریخ اگلے ہفتے تک ملتوی کروالی تھی۔

گورو وار کے دن بھی نند لال ہی کو مکتی بودھ جی کے ہاں آنا تھا۔ پانچ بجے شام کا وقت تھا۔ جب چھے ساڑھے چھے ہوئے تو ہیرا کی شکل دکھائی دی۔ اس نے بتایا کہ نند لال کو لیبارٹری میں 'امبکا' کے نئے پرنٹ بنوانا تھے، اس لیے دیر ہوگئی۔ بات یہ ہے، اس فلم 'امبکا' کے ڈیڑھ سو پرنٹ بنوائے اور نیگیٹو گھس گیا۔ اس لیے ہم ایک پرنٹ سے ڈیوپ نکال کر اس سے کاپیاں بنوائیں گے۔ ڈیوپ سے جو پرنٹ نکلا ہے، انکل، اس کے مقابلے میں پہلا پرنٹ بھی کچھ نہیں۔ آپ میری خاطر اس کوتاہی کو بھول جائیے۔ آپ میری مدد تو کر ہی رہے ہیں، تھوڑی اور کر دیجیے

اور وہ یہ کہ آپ نندلال جی کے گھر ہی چلے چلیں ــــــ آنا کانی کا کوئی بہانہ ہی نہ رہے۔ دیکھیے آپ کی عزت میری عزت ہے اور میری عزت تو کچھ ہے ہی نہیں۔ آخر وہ اتنا بڑا اور کامیاب پروڈیوسر ہوکر آپ کے گھر آیا ہی تھا نا۔ آپ کے چرن بھی چھوئے ہی تھے نا۔

مکتی بودھ جی شاید کچھ سوچتے مگر بڑھیا نے انھیں کوئی موقع ہی نہ دیا۔ تسلا جس میں چاول رکھتے تھے، اسے خالی دکھا دیا۔ مکتی بودھ اٹھے اور ہیرا کے ساتھ چل دیے۔ جب ہیرا کہہ رہا تھا، میرے پلے بیک کی بات ابھی نہیں، بعد میں کیجیے گا، جب آپ کا کانٹریکٹ ہو جائے۔

لاطور بھون میں نندلال کی بیوی سُدھا نے ان کی خاطر وغیرہ کی۔ دس بجے تک زندگی کے یہ دو کنارے آپس میں اِدھر اُدھر کی ہانکتے رہے۔ پھر گیارہ بج گئے، بارہ اور خون مکتی بودھ کے سر کو آنے لگا۔ میں نے غلط کیا۔ چلو کوئی بات نہیں۔ کبھی ایک جھوٹ میں سے دس سچ بھی پیدا ہو جاتے ہیں۔ مگر ــــ نندلال آخر انسان ہے اور انسان سے مصروفیت ہو ہی جاتی ہے۔ نندلال کو اب لے ہی آؤ، پرماتما، نہیں موت کا بیلف کیسے ٹلے گا؟

نندلال اپنی اسی بُجھ کُچھ کرتی مگر لکی گاڑی میں اُس وقت یعنی کہ رات کے ایک بجے آیا جبکہ مکتی بودھ ایسی تیسی کہہ کر چلنے ہی والے تھے۔ نندلال لنگڑا رہا تھا۔ پتا چلا اچانک پیچش ہو جانے سے اسے ڈاکٹر کے پاس جاکر سرین کے اوپر ٹیکے لگوانے پڑے جو ابھی درد کر رہے تھے۔ شکروار دیوی ماں کا دن ہے نندلال نے

بتایا، اور اس روز وہ برت رکھتے ہیں۔ صبح سے کچھ کھایا ہی نہیں۔ مکتی بودھ نے کہا۔ پہلے کھاؤ، پھر بات کریں گے۔ آخر انسان اتنی دوڑ دھوپ کرتا کس لیے ہے؟ بہو! چاول میں دہی زیادہ دینا ذرا، اور مکتی بودھ نے کسی اضطرار میں اپنا ہاتھ پیٹ پر رکھ لیا اور اسے سہلانے لگے۔

ہیرا اور مکتی بودھ ٹیرس پر بیٹھے تھے، جہاں ان پر اُوس پڑ رہی تھی۔ یہاں اُوس پڑ رہی ہے، انکل! ہیرا لال نے کہا، اندر نہ چلے جائیں؟

مکتی بودھ بولے ــــ نہیں بیٹا اس کا تو کچھ نہیں، وہ ہماری امیدوں پر نہ پڑے، بس ــــ اور پھر وہ کھسیانہ سی ہنسی ہنس دیے۔

سب کچھ ہو جانے کے بعد نند لال آیا اور دونوں ہاتھ جوڑ کر مکتی بودھ سے معافی مانگی اس لیے نہیں کہ وہ لیٹ ہو گیا تھا، بلکہ پیسے لیٹ ہو گئے تھے ابھی تک تو بندوبست نہیں ہوا مگر بدھ تک ضرور ہو جائے گا۔

جانے مکتی بودھ جی نے کیسے کہہ دیا ــ کوئی بات نہیں، بیٹا! بدھ کون سا دُور ہے؟ حالانکہ ان کے دماغ میں دلال، سیٹھیے، بیلف کیا کچھ گھومنے لگا تھا اور ان سے زیادہ اپنی بڑھیا جو گھوم ہی نہیں رہی تھی۔

باقی ذمے داری ہیرا کی تھی کہ وہ بڑھؤ کو سمجھا دے کہ پیسا کوئی آسانی سے ڈھیلا نہیں کرتا۔ ”امبکا، میں کروڑ کا بزنس ٹھیک ہے لیکن وصولی بھی تو کوئی چیز ہے؟ پچیس ہزار تو دفتر کی انٹیریر

ڈیکوریشن میں لگ گیا ہے — ارے صاحب، ڈسٹری بیوٹر اور پیسا دیں، کیا کیا جھوٹے وَوُچر اور حساب نہیں بناتے؟ شہر شہر گانو گانو جا کر چیکنگ کرنی پڑتی ہے۔ اس کے لیے ایجنٹ رکھیں تو اسے پانچ سو ہزار سے کیا کم دیں گے؟ اگر ڈسٹری بیوٹر اس کی جیب میں پانچ ہزار ڈال دے، ساتھ شراب پلائے اور کوٹھے پر گانا سننے کے لیے لے جائے تو بتائیے وہ ایجنٹ آپ کا ہوا یا ڈسٹری بیوٹر کا؟ ایمان داری نام کی یہاں کوئی چیز ہی نہیں۔ ایک ہی ایمان دار ایجنٹ ملا تھا، چیکنگ کے ایک ہفتے کے اندر جس کی لاش ٹائلیٹ سے ملی — !

خیر، ہیرا ایسا بھی تھا مگر تھا تو مکتی بودھ جی ہی کا بہی خواہ۔ ساتھ نند لال کا بھی۔ حالانکہ یہ سب جھوٹ ہے — اصل میں وہ اپنا ہی خیر خواہ تھا۔

لاطور بھون کے ٹیرس سے اٹھ کر چلتے ہوئے مکتی بودھ جی نے صرف اتنا ہی کہا — یہ کا ہے کی بیل ہے؟

مارننگ گلوری کی — نند لال نے جواب دیا۔

مکتی بودھ جی نے اپنی نظریں بچاتے ہوئے کہا — تو پھر ایوننگ گلوری کی بھی کوئی ہو گی؟ — اور پھر وہ ہنس دیے، چل دیے۔

ہیرا میں باقی تو سب ٹھیک تھا، لیکن ایک بات غلط تھی۔ اس نے مکتی بودھ جی کی پوری رقم اور سائننگ اماؤنٹ بھی خود ہی طے کر دی تھی۔ جیسے وہ، مکتی جی، کوئی بات ہی نہیں —

ظالم! پوچھ تو کیا ہوتا؟ فلم میں جو آتا ہے، رشتے جگا لیتا ہے۔ ارے بھائی، ہمیں اپنا بیٹا نہیں بیاہنا ہے۔ یہ کمرشل دنیا ہے، اس ہاتھ سے کام لو، اُس ہاتھ سے دام دو اور بس — اس سے پہلے یہ بکواس کبھی نہ ہوئی تھی۔ ہوئی بھی تو ہم نے کانٹریکٹ پھاڑ کر کھڑکی سے باہر پھینک دیے۔ اور اب، وہ جگراب میں کہاں سے لاؤں!
— یہ ہیرا؟ کہتا ہے میں نے نند لال کو کہہ بھی دیا کہ انکل کا تو کچھ نہیں، وہ درویش آدمی — ارے درویش کو کیا حاجت نہیں ہوتی؟ پھر — فلمی دنیا گروپ سے چلتی ہے۔ آپ ایک بار اس گروپ میں گھس تو جائیے، انکل! 'امبکا' گروپ — آج کے سب سے بڑے اور کامیاب پروڈیوسر نند لال کا گروپ — ارے، بڑے نند لال آئے اور بڑے گئے — اس کے ذریعے آپ کو دس تصویریں ملیں گی۔ ارے۔ تیسے، مجھے اسی ایک کی ضرورت ہے، بعد کی دس اور بیس کی نہیں — کبھی میرا بھی وقت تھا، جب تمھارے ایسے آدمی کو ہفتہ ہفتہ باہر بٹھائے رکھتا تھا۔ کہیں غلطی سے وہ اپنا تھوبڑا میرے کمرے میں لے آئے تو آئے میں چلا کر کہتا تھا — گیٹ آؤٹ۔ گیٹ۔ آؤٹ۔

اور اپنے گھر میں بیٹھے ہوئے مکتی بودھ سچ مچ چلا اُٹھے — گیٹ آؤٹ۔ ۔ ۔ ۔ ۔ ۔

بُڑھیا ہڑبڑا کے اُٹھی — کیا ہوا؟

مکتی بُودھ کی سانس دھونکنی کی طرح سے چل رہی تھی — وہ ماتھے پر سے انفعال کے قطرے پونچھ رہے تھے۔

وہی ہو رہا ہے، جو تیرے ایسے کھوسٹ کا ہونا تھا — بڑھیا

نے کہا اور واپس اپنے بوڑھے بستر پر لیٹ گئی۔

جس دلیری سے تقاضا کرنے والوں کو مکتی بودھ جی نے بدھ کا وقت دیا تھا، اسی بے حیائی سے اگلے سنیچر کا دے دیا (چیک بدھ کو بینک میں پڑے گا، تو۔۔۔۔ وغیرہ) حیرانی کی بات یہ کہ بیسیوں ہی آئے مگر ٹالے جانے پر کسی نے اُف بھی نہ کی۔ کیا ارادے تھے ان کے؟ وہ شور مچاتے، نالش کی دھمکی دیتے، مگر یہ چُپ؟! رام جانے یہ سب مل کر کیا کرنے والے ہیں؟ مکتی بودھ کانپ رہے تھے۔

بدھ کے روز موعودہ وقت پر ہیرا نند لال کی پتنی سُدھا کے ساتھ چلا آیا۔ سدھا کے ہاتھ میں مٹھائی کا ڈبّہ تھا جو اس نے مکتی بودھ جی کے آگے رکھ دیا — منہ میٹھا کیجیے، انکل!

مکتی بودھ اور ان کی بڑھیا نے ڈبّہ لے لیا اور انتظار کرنے لگے۔

ہیرا بولا — میں آپ کے گھر میں ان لکشمی کو لے آیا ہوں — اور اس نے سُدھا بھابی کی طرف اشارہ کیا — سُدھا بھابی سے بڑی لکشمی کیا ہو گی؟ بات یہ ہوئی کہ نند لال اوورفلو لینے کے لیے کلکتہ چلے گئے ہیں۔ ہفتہ بھر میں لوٹ آئیں گے۔ جاتے سمے انھوں نے تاکید کی کہ مکتی بودھ جی کو میرا اچانک چل دینا برا نہ لگے، اس لیے تم میری بیوی کو لے جانا اور ساتھ برج واسی کے ہاں سے رس ملائی کا ایک ڈبّہ بھی — اپنی عورت سے بڑی آدمی کی عزت کیا ہوتی ہے؟ مکتی بودھ جی نے سر ہلایا اور بولے — ہوں، اور ایک نظر اپنی بڑھیا کی طرف دیکھا — ان میں پُرانے جلال کے دن پھڑ پھڑا کر رہ گئے —

اِدھر ہیرا اور سدھا گئے، اُدھر ٹاپخ والے گھر سے ریڈیو گرام، اسپیکر، ٹیپ ریکارڈ، ہارمونیم، سِتار، فرنیچر اور کچھ برتن اٹھا کر لے گئے — اس کا کیا ہے، مکتی جی نے سوچا، دس دن میں پیسے آجائیں گے تو چیزیں بھی لوٹ آئیں گی، جب تک انھوں نے نیلام نہ کر دی ہوں تو — کر بھی دی ہوں تو نئی خریدیں گے۔ آخر ایک آدمی نے اپنی عورت، اپنی عزت میرے گھر بھیجی ہے۔ اس سے بڑی بات اور کیا ہو گی؟ یہ کوئی آزمائش ہو رہی ہے۔ ہو سکتا ہے دس دنا میں نندلال کلکتہ سے لوٹ ہی آئے۔

جب ٹاپخ والوں نے گھر کی چیزوں پر ہاتھ ڈالا تو مکتی بودھ کی بڑھیا نے ایک دلدوز چیخ ماری اور اس کے بعد بے ہوش ہو گئی۔ یہ اچھا ہی ہوا، اگر وہ ہوش میں ہوتی تو دوسروں کے ہوش ٹھکانے کر دیتی۔ وہ مغلّظات سناتی کہ بس۔

دس دن بیت گئے لیکن نندلال کلکتہ سے نہ لوٹا۔ اب ہیرا مکتی بودھ جی سے بچتا پھر رہا تھا — نندلال کا ہاتھ روکنے اور مکتی بودھ کو پیسا دلوانے کے بیچ میں وہ کہیں بٹ کر رہ گیا تھا۔ اسے اپنا آدرش دور ہٹتا، خود میں کہیں گم ہوتا ہوا نظر آ رہا تھا۔ نندلال کہیں اس سے بھی کھیل تو نہیں کر گیا؟ نہیں وہ ایسا آدمی تو نہیں ہے۔ ہیرا نے ایک بار مکتی بودھ کو مل کر بتایا کہ اوورفلو جھگڑے میں پڑ گیا ہے۔ اسی لیے نندلال نہیں آیا، مگر آئے گا ضرور، کچھ دن میں، کہاں جائے گا؟

مکتی بودھ جی ہیرا کی بات پر ہونٹ بھینچ کر صرف ایک ہی

کہتے رہے۔ ہوں! لیکن جب ہیرا جیلا جاتا تو اپنے آپ سے کہتے ــــ مکتی! تجھے کیا ہو گیا ہے، کیوں نہیں تو ان پلّوں کو ٹھڈّے مار کر باہر نکال سکتا؟ اب رہ ہی کیا گیا ہے ـــ؟

اسی سلسلے میں ایک دن مکتی بودھ جی نے دُلارے، اپنے شاگرد کو بھیج کر استاد کلب علی کا سِتار منگوایا، جس پر ہاتھ رکھتے ہی وہ سب کچھ بھول گئے۔ بجاتے ہوئے کیسے وہ اس ساز سے لپٹ لپٹ جاتے تھے۔ معلوم ہوتا تھا جیسے ان کے بازوؤں میں کوئی محبوبہ ہے۔ جس پر جھک جھک کر، چوم چوم کر، جس پر انگلیاں دوڑا دوڑا کر، وہ کسی نئی زندگی کے سُر نکال رہے ہیں۔ــــ بڑھیا دیکھ رہی تھی اور کباب ہو رہی تھی۔ یہاں کی عورت، وہاں کی عورت کی ہمیشہ حاسد رہی ہے ــــ یہ کہ اُسے اپنی ذات میں کھو کر، اپنے مالک میں مدغم ہو کر اُس کی ملکہ ہو جانا چاہیے، سب باتیں ہیں ــــ وہ تو اپنے میاں کی ہر دل عزیزی نے بھی جل بھن کر راکھ ہو جاتی ہے ــــ

ایک جھالے کے بعد یکدم مکتی بودھ جی نے سِتار ایک طرف رکھ دیا اور پھر وہی اپنے آپ پر رحم ــــ اس پر بھی تو یہ سب اپنے آپ سے ہوتے دیکھ رہا ہے مکتی ــــ کیوں نہیں تو تند لالوں سے کہہ سکتا ــــ نہیں چاہیے مجھے تمھارا سجدہ، جو سجدہ ہی نہیں ــــ

پھر انھیں رستم کے آخری دن یاد آ جاتے، جن میں وہ روتا اور سر اوپر اُٹھا کر، ہاتھ پھیلا کر کہتا ــــ اللہ! کہاں گئے وہ میرے دن جب میں چلتا تھا تو میرے پاؤں زمین میں دھنس دھنس جاتے تھے۔ اور آج ۔؟

پھر وہ نعت جس کی دُھن اپنی بیکاری کے دِنوں میں مکتی جی نے نکالی تھی، جسے گاتے ہوئے انھوں نے بیچ میں سب بند کر دیا۔ یہ بھیرویں یہ ٹوڈی ـــ کیا میاں کی اور کیا بیوی کی اور کیا کھماج سب بکواس ہیں۔ قرآن کی بھی تو آیت ہے، جس رُخ زمانہ پھرے، اُسی رُخ پھر جاؤ۔ . . . میں نہیں پھر سکتا، میری ہڈیاں بوڑھی ہوگئی ہیں جو ٹوٹ سکتی ہیں، مُڑ نہیں سکتیں۔

نہیں! میں یہ نہیں کروں گا ـــ میں نہیں مرغِ باد گرد، میں نے اپنے سنگیت، اپنی ماں سے پیار کیا ہے، ایشور! عورتیں بیسیوں سیکڑوں ہو سکتی ہیں، ماں صرف ایک . . . . کیا میں بھوکا بھی نہیں مر سکتا؟ یہ آزادی مجھ سے کوئی نہیں، کوئی نہیں چھین سکتا ـــ

نندلال دس دن بعد بھی نہ لوٹا، بیچ میں ہیرا مکتی بودھ جی کے گھر کا طواف کرتا رہا۔ مگر ان کا دروازہ کھٹکھٹانے، اندر جانے کی اس کی ہمت نہ پڑی۔ شاید وہ مکتی بودھ جی سے اتنا نہ ڈرتا تھا، جتنا اُن کی بڑھیا سے۔

اب کے جو ہیرا آیا تو ایک تار سے مسلح۔ تار کلکتہ سے آیا تھا، جس میں نوٹنے کا تہیّہ وار سبھی لکھے تھے۔ اس دستاویز کو کانپتے ہوئے ہاتھوں میں لے کر مکتی بودھ پھر کچھ بھول گئے ـــ اور آنکھیں سکوڑ کر کہیں دور دیکھتے ہوئے بولے ـــ ہوں . . . . !

ہیرا اندر سے جانتا تھا کہ اگر مجھے مکتی بودھ جی کی ضرورت ہے تو انھیں بھی میری ـــ اور نندلال کی ـــ مقررہ تاریخ کو نندلال واقعی چلا آیا۔ ہیرا اُسے گھیر گھار کر مکتی جی کے ہاں لے ہی آیا۔

بیا تیقن سے اس کے ہاتھ گھنٹی پر پڑے۔ بہت دیر تک اندر سے کوئی آواز نہ آئی۔ آخر پتا چلا کوئی آ رہا ہے۔ دروازہ کھلا تو سامنے بڑھیا تھی جو انھیں پہچاننے کی کوشش کر رہی تھی۔ اس کی آنکھوں میں کانچ تھا، سارے چہرے پر پرچھائیاں پھیلی تھیں۔ اور جھریوں میں کوئی سلِٹ جمی تھی، جیسے طوفان اور باڑھ کے بعد چھوٹے بڑے ندی نالوں میں جم جاتی ہے۔

بڑھیا نے ان کو جانے کے لیے کہا نہ بیٹھنے کے لیے۔ اس پر بھی وہ اندر جا کر بیٹھ گئے۔

ہیرا نے پوچھا — انکل کہاں ہیں آنٹی؟

پہلے تو وہ ایسے ہی بٹر بٹر دیکھتی رہی۔ آخر بولی — جانے کہاں کھپ گیا ہے، بڑھئو..... اسے تو موت بھی نہیں آتی.. ... کیا کیا لوٹنے نہ کیے میں نے ....

تین گھنٹے انتظار کے بعد نند لال چیک سمیت لوٹ گئے۔

ہیرا نے اور کوئی دیر دیکھ لینے کو کہا، مگر نند لال راضی نہ ہوا۔ اٹھتے ہوئے نند لال نے تسلی کے لیے جیب میں ہاتھ ڈال کر دیکھا، چیک وہیں تھا! ہیرا کی حالت ابتر تھی البتہ۔ اتنی محنت سے بنائی ہوئی اس کی عمارت ڈھے گئی تھی۔ جس ٹھیکے دار کو اسے بننے کے لیے دیا تھا، اس نے سیمنٹ سے زیادہ ریت اس میں ملا دی تھی۔

ہیرا گم صم جا رہا تھا کہ دُور سے اس کے کان میں کوئی دھن سنائی دینے لگی — جو پلو میں بندھی تھی —

ہیرا نے نند لال سے پوچھا — آپ کو کوئی آواز سنائی

نہیں دیتی، اس اینٹوپ ہل کے پیچھے سے جہاں عرب ساگر ہے۔؟ نندلال نے سننے کی کوشش کی اور بولا — نہیں تو — ہاں — نہیں تو —

☆☆☆

ایک باپ بکاؤ ہے

دیکھی نہ سنی یہ بات جو ۲۴ فروری کے ''ٹائمز'' میں چھپی۔ یہ بھی نہیں معلوم کہ اخبار والوں نے چھاپ کیسے دی۔ خرید وفروخت کے کالم میں یہ اپنی نوعیت کا پہلا ہی اشتہار تھا۔ جس نے وہ اشتہار دیا تھا، ارادہ یا اس کے بغیر اسے معمے کی ایک شکل دے دی تھی۔ پتے کے سوا اس میں کوئی ایسی بات نہ تھی، جس سے خریدنے والے کو کوئی دلچسپی ہو — بکاؤ ہے ایک باپ۔ عمر اکھتر سال، بدن اکہرا، رنگ گندمی، دمے کا مریض۔ حوالہ باکس نمبر ایل ۶۰۴، معرفت ٹائمز۔

اکھتر برس کی عمر میں باپ کہاں رہا — دادا نانا ہو گیا وہ تو!

عمر بھر آدمی ہاں ہاں کرتا رہتا ہے، آخر میں نانا ہو جاتا ہے۔

باپ خرید لائے تو ماں کیا کہے گی، جو بیوہ ہے۔ عجیب بات ہے نا! ایسے ماں باپ جو میاں بیوی نہ ہوں۔

ایک آدمی نے الٹے پانو دنیا کا سفر شروع کر دیا ہے۔ آج کی

دنیا میں سب سچ ہے بھائی سب سچ ہے۔
دمہ پھیلائے گا
نہیں بے — دمہ متعدی بیماری نہیں
ہے
نہیں
ہے

ان دو آدمیوں میں چاقو چل گئے — جو بھی اس اشتہار کو پڑھتے تھے، بڈھے کی سنک پہ ہنس دیتے تھے۔ پڑھنے کے بعد اسے ایک طرف رکھ دیتے اور پھر اٹھا کر اسے پڑھنے لگتے جیسے ہی انھیں اپنا آپ احمق معلوم ہونے لگتا، وہ اس اشتہار کو اڑوسیوں پڑوسیوں کی ناک تلے ٹھونس دیتے —

ایک بات ہے۔ گھر میں چوری نہیں ہوگی
کیسے؟
ہاں، کوئی رات بھر کھانستا رہے
یہ سب سازش ہے، خواب آور گولیاں بیچنے والوں کی
پھر — ایک باپ بکاؤ ہے!
یوں لوگ ہنستے ہنستے رونے کے قریب پہنچ گئے۔

گھروں میں، راستوں پر، دفتروں میں بات ٹھاک ہونے لگی، جس سے وہ اشتہار اور بھی مشتہر ہو گیا۔

جنوری فروری کے مہینے بالعموم پت جھڑ کے ہوتے ہیں — ایک ایک داروغہ کے نیچے بیس بیس جھاڑو دینے والے، سڑکوں پر گرے

سوکھے سڑے، بوڑھے پتے اٹھاتے اٹھاتے تھک جاتے ہیں، جنھیں اُن کو گھر لے جانے کی بھی اجازت نہیں کہ انھیں جلائیں اور سردی سے خود اور اپنے بال بچّوں کو بچائیں۔ اس پت جھڑ اور سردی کے موسم میں وہ اشتہار گرمی پیدا کرنے لگا۔ جو آہستہ آہستہ سینک میں بدل گئی۔

کوئی بات تو ہو گی؟!

ہو سکتا ہے، پیسے جایداد والا۔۔۔

بکواس — ایسے میں بکا ڈُلکھتا؟

مشکل سے اپنے باپ سے خلاصی پائی ہے۔ باپ کیا تھا، چنگیز ہلاکو تھا سالا۔

تم نے پڑھا، مسز گوسوامی؟

دھت — ہم بچّے پالیں گی، سُدھا، کہ باپ؟ ایک اپنے ہی وہ کم نہیں گو — سوامی ہے! ہی۔۔۔ ہی ہی

باپ بھی حرامی ہوتے ہیں۔۔۔۔۔

باکس ایل ۷، ۴ میں چٹھیوں کا طومار آیا پڑا تھا۔ اس میں ایک ایسی چٹھی بھی چلی آئی تھی، جس میں کیرل کی کسی لڑکی مِس اونی کرشنن نے لکھا تھا کہ وہ ابو دھابی میں ایک نرس کا کام کرتی رہی ہے اور اس کے ایک بچّہ ہے۔ وہ کسی ایسے مرد کے ساتھ شادی کی متمنی ہے جس کی آمدنی معقول ہو اور جو اس کی اور بچّے کی مناسب دیکھ بھال کر سکے چاہے وہ کتنی عمر کا ہو — اس کا کوئی شوہر ہو گا جس نے اسے چھوڑ دیا۔ یا ویسے ابو دھابی کے کسی شیخ نے اُسے انٹا بلٹا دیا، چنانچہ غیر متعلق ہونے کی وجہ سے وہ عرضی ایک طرف رکھ دی گئی

کیوں کہ اس کا بکاؤ باپ سے کوئی تعلق نہ تھا۔ بہر حال ان چٹھیوں سے یوں معلوم ہوتا تھا جیسے ہیڈلے چیز، رابن سن، ارونگ اور اگاتھا کرسٹی کے سب پڑھنے والے اِدھر پلٹ پڑے ہیں۔ کلاسی فائیڈ اشتہار چھاپنے والوں نے جنرل منیجر کو تجویز پیش کی کہ اشتہاروں کے نرخ بڑھا دیے جائیں۔ مگر نوجوان بڈھے یا بڈھے نوجوان منیجر نے تجویز کو پھاڑ کر ردّی کی ٹوکری میں پھینکتے ہوئے کہا —— SHUCKS —— ایک پاپولر اشتہار کی وجہ سے نرخ کیسے بڑھا دیں؟ . . . اس کے انداز سے معلوم ہوتا تھا جیسے وہ کسی غلطی کا ازالہ کرنے کی کوشش کر رہا ہے۔

پولیس پہنچی۔ اُس نے دیکھا ہندو کالونی، دادر میں گاندھرو داس، جس نے اشتہار دیا تھا، موجود ہے اور صاف کہتا ہے کہ میں بکنا چاہتا ہوں۔ اگر اس میں کوئی قانونی رنجش ہے تو بتائیے —— وہ پان پہ پان چباتا اور اِدھر اُدھر دیواروں پر تھوکتا جارہا تھا۔ مزید تفتیش سے پتا چلا کہ گاندھرو داس ایک گائیک تھا، کسی زمانے میں جس کی گائیکی کی بڑی دھوم تھی۔ برسوں پہلے اس کی بیوی کی موت ہوگئی، جس کے ساتھ اس کی ایک منٹ نہ پٹتی تھی۔ دونوں میاں بیوی ایک اوندھی محبت میں بندھے ایک دوسرے کو چھوڑتے بھی نہ تھے۔ شام کو گاندھرو داس کا ٹھیک آٹھ بجے گھر پہنچنا ضروری تھا۔ ایک دوسرے کے ساتھ کوئی لین دین نہ رہ جانے کے باوجود یہ احساس ضروری تھا کہ —— وہ ہے۔ گاندھرو داس کی تان اُڑتی ہی صرف اس لیے تھی کہ دَمینتی، اُس کے سنگیت سے بھرپور نفرت کرنے والی بیوی گھر میں موجود ہے اور اندر کہیں گاجر کا حلوا بنا رہی ہے اور دمینتی کے لیے یہ احساس تسلی بخش تھا کہ اُس کا مرد جو برسوں سے اسے نہیں بُلاتا، ساتھ کے بستر پر

پڑا شراب میں بدمست خراٹے لے رہا ہے۔ کیوں کہ خراٹا ہی ایک موسیقی تھی، جسے گاندھرو کی بیوی سمجھ پائی تھی۔

بیوی کے چلے جانے کے بعد گاندھرو داس کو بیوی کی تو سب زیادتیاں بھول گئیں۔ لیکن اپنے اُس پر کیے ہوئے اتیاچار یاد رہ گئے۔ وہ بیچ رات کے ایکا ایکی اُٹھ جاتا اور گریبان پھاڑ کر اِدھر اُدھر بھاگنے لگتا۔ بیوی کے بارے میں آخری خواب میں اس نے دیکھا کہ دوسری عورت، کو دیکھتے ہی اس کی بیوی نے واویلا مچا دیا ہے اور روتی چلاتی ہوئی گھر سے بھاگ نکلی ہے۔ گاندھرو داس پیچھے دوڑا۔ لکڑی کی سیڑھی کے نیچے کچی زمین میں دیمنتی نے اپنے آپ کو دفن کر لیا۔ مگر مٹی ہل رہی تھی اور اس میں دراڑیں سی چلی آئی تھیں، جس کا مطلب تھا کہ ابھی اس میں سانس باقی ہے۔ حواس باختگی میں گاندھرو داس نے اپنی عورت کو مٹی کے نیچے سے نکالا تو دیکھا — اس کے، بیوی کے دونوں بازو غائب تھے۔ ناف سے نیچے بدن نہیں تھا۔ اس پر بھی وہ اپنے ٹھنٹھ اپنے پتی کے گرد ڈالے اس سے چمٹ گئی اور گاندھرو اُسی پتلے سے پیار کرتا ہوا اُسے سیڑھیوں سے اوپر لے آیا۔

گاندھرو داس کا گانا بند ہو گیا!

گاندھرو داس کے تین بچے تھے — تھے کیا — ہیں۔ سب سے بڑا ایک نامی پلے بیک سنگر ہے، جس کے لانگ پلینگ ریکارڈ بازار میں آتے ہی ہاتھوں ہاتھ بک جاتے ہیں۔ ایرانی ریستورانوں میں رکھے ہوئے جیوک باکسوں سے جتنی فرمائشیں اس کے گانوں کی ہوتی ہیں اور کسی کی نہیں۔ اس کے برعکس گاندھرو داس کے کلاسیکی میوزک کو کوئی گھاس

بھی نہ ڈالتا تھا۔ دوسرا لڑکا اوف سیٹ پرنٹر ہے اور جست کی پلیٹیں بھی بناتا ہے۔ پریس سے وہ ڈیڑھ ہزار روپیا مہینا پاتا ہے اور اپنی اطالوی بیوی کے ساتھ رنگ رلیاں مناتا ہے۔ کوئی جیے یا مرے اُسے اس بات کا خیال ہی نہیں۔ جس زمانے میں گاندھرو داس کا موسیقی کے ساز بیچنے کا کام ٹھپ ہوا تو بیٹا بھی ساتھ تھا۔ گاندھرو نے کہا — چلو، ایچ۔ ایم۔ وی کے ریکارڈوں کی ایجنسی لیتے ہیں۔ چھوٹے نے جواب دیا — ہاں، مگر آپ کے ساتھ میرا کیا مستقبل ہے؟ گاندھرو داس کو دھچکا سا لگا۔ وہ بیٹے کا مستقبل کیا بنا سکتا تھا؟ کوئی کسی کا مستقبل کیا بنا سکتا ہے؟ گاندھرو کا مطلب تھا کہ میں کھاتا ہوں تو تم بھی کھاؤ۔ میں بھوکا مرتا ہوں تو تم بھی مرو۔ تم جوان ہو، تم میں حالات سے لڑنے کی طاقت زیادہ ہے۔ اس کے جواب کے بعد گاندھرو داس ہمیشہ کے لیے چپ ہو گیا۔ رہی بیٹی تو وہ ایک اچھے مارواڑی گھر میں بیاہی گئی۔ جب وہ تینوں بہن بھائی ملتے تو اپنے باپ کو رنڈوا نہیں، مرد بدھوا کہتے اور اپنی اس اختراع پہ خود ہی ہنسنے لگتے۔

ایسا کیوں؟

چاترک، ایک شاعر اور اکاؤنٹنٹ جو اس اشتہار کے سلسلے میں گاندھرو داس کے ہاں گیا تھا، کہہ رہا تھا — اس بڈھے میں ضرور کوئی خرابی ہے — ورنہ یہ کیسے ہو سکتا ہے کہ تین اولاد میں سے ایک بھی اس کی دیکھ ریکھ نہ کرے۔ کیا وہ ایک دوسرے کے اتنے نزدیک تھے کہ دور ہو گئے؟ ہندسوں میں اُلجھے رہنے کی وجہ سے کہیں چاترک کے الہام اور الفاظ کے درمیان فساد پیدا ہو گیا تھا۔ وہ نہ جانتا تھا کہ ہندستان تو کیا

دنیا بھر میں کنبے کا تصور ٹوٹتا جا رہا ہے۔ بڑوں کا ادب ایک فیوڈل بات ہو کر رہ گئی ہے۔ اس لیے سب بڈھے کسی ہائیڈ پارک میں بیٹھے، امتداد زمانہ کی سردی سے ٹھٹھرے ہوئے، ہر آنے جانے والے کو شکار کرتے ہیں، کہ شاید اُن سے کوئی بات کرے۔ وہ یہودی ہیں، جنھیں کوئی ہٹلر ایک ایک کر کے گیس چیمبر میں دھکیلتا جا رہا ہے مگر دھکیلنے سے پہلے زنبور کے ساتھ اس کے دانت نکال لیتا ہے، جن پر سونا مڑھا ہے۔ اگر کوئی بچ گیا ہے تو کوئی بھانجا بھتیجا اتفاقیہ طور پر اُس بڈھے کو دیکھنے کے لیے اس کے مخروطی اٹیک میں پہنچ جاتا ہے تو دیکھتا ہے کہ وہ تو مرا پڑا ہے اور اس کی قلزاقی آنکھیں اب بھی دروازے پر لگی ہیں۔ نیچے کی منزل والے بہ دستور اپنا اخبار بیچنے کا کاروبار کر رہے ہیں، کیوں کہ دنیا میں روز کوئی نہ کوئی واقعہ تو ہوتا ہی رہتا ہے۔ ڈاکٹر آ کر تصدیق کرتا ہے کہ بڈھے کو مرے ہوئے پندرہ دن ہو گئے۔ صرف سردی کی وجہ سے لاش گلی سڑی نہیں۔ پھر وہ بھانجا یا بھتیجا کمیٹی کو خبر کر کے منظر سے ٹل جاتا ہے، مبادا آخری رسوم کے اخراجات اسے دینے پڑیں۔

چاترک نے کہا — ہو سکتا ہے، بڈھے نے کوئی اندوختہ رکھنے کے بجائے اپنا سب کچھ بچوں ہی پر لٹا دیا ہو۔ اندوختہ ہی ایک بولی ہے جسے دنیا کے لوگ سمجھتے ہیں اور ان سے زیادہ اپنے سگے سمبندھی، اپنے ہی بچے بالے۔ کوئی سنگیت میں تارے توڑ لائے، نقاشی میں کمال دکھا جائے، اس سے انھیں کوئی مطلب نہیں۔ پھر اولاد ہمیشہ یہی چاہتی ہے کہ اس کا باپ وہی کرے جس سے وہ، اولاد خوش ہو۔ باپ کی خوشی کس بات میں ہے، اس کی کوئی بات ہی نہیں اور ہمیشہ ناخوش رہنے کے لیے اپنے

کوئی سا بھی بے گانہ بہانہ تراش لیتے ہیں۔

مگر گاندھرو داس تو بڑا ہنس مکھ آدمی ہے۔ ہر وقت لطیفے سناتا، خود ہنستا اور دوسروں کو ہنساتا رہتا ہے۔ اس کے لطیفے اکثر فحش ہوتے ہیں۔ شاید وہ کوئی نقاب، مکھوٹے ہیں، جن کے پیچھے وہ اپنی جلسی ناکامیوں اور ناآسودگیوں کو چھپاتا رہتا ہے۔ یا پھر، سیدھی سی بات — بڑھاپے میں انسان ویسے ہی ٹھرکی ہو جاتا ہے اور اپنی حقیقی یا مفروضہ فتوحات کی بازگشت!

اشتہار کے سلسلے میں آنے والے کچھ لوگ اس لیے بھی بدک گئے کہ گاندھرو داس پر پچیس ہزار کا قرض بھی تھا، جو بات اس نے اشتہار میں نہیں لکھی تھی اور غالباً اس کی عیاری کا ثبوت تھی۔ اس پر طرفہ ایک جوان لڑکی سے آشنائی بھی تھی جو عمر میں اس کی اپنی بیٹی رَما سے چھوٹی تھی۔ وہ لڑکی، دیویانی، گانا سیکھنا چاہتی تھی جو گوروجی نے دن رات ایک کر کے اسے سکھا دیا اور سنگیت کی دنیا کے شِکھر پر پہنچا دیا۔ لیکن ان کی عمروں کے بُعد کے باوجود ان کے تعلقات میں جو ہیجانی کیفیت تھی، اسے دوسرے تو ایک طرف، خود وہ بھی نہ سمجھ سکتے تھے۔ اب بھلا ایسے چاروں عیب شرعی باپ کو کون خریدے؟

اور پھر — جو ہر وقت کھانستا رہے، کسی وقت بھی دم الٹ جائے اس کا۔

باہر جائے تو نوٹا نک مار کے آئے۔ بلکہ لوٹتے وقت پوا بھی دھوتی میں چھپا کر لے آئے۔

آخر — دمے کے مریض کی عمر بہت لمبی ہوتی ہے!

گاندھرو داس سنگیت سکھاتے ہوئے یہ بھی کہہ اٹھتا — میں پھر گاؤں گا۔ وہ تکرار کے ساتھ یہ بات شاید اس لیے بھی کہتا کہ اسے خود بھی اس میں یقین نہ تھا۔ وہ سُر لگاتا بھی تو اسے اپنے سامنے اپنی مرحوم بیوی کی روح دکھائی دیتی — جیسے کہہ رہی ہو — ابھی تک گا رہے ہو؟

اس انوکھے مطالبے اور امتزاج کی وجہ سے لوگ گاندھرو داس کی طرف یوں دیکھتے تھے جیسے وہ کوئی بہت چمکتی، دمکتی ہوئی شے ہو اور جس کا نقش وہاں سے ٹل جانے کے بعد بھی کافی عرصے تک آنکھ کے اندر پردے پر برقرار رہے اور اس وقت تک پیچھا نہ چھوڑے جب تک کوئی دوسرا عنصری نظارہ پہلے کو دھندلا نہ دے۔

کسی خورشید عالم نے کہا — میں خریدنے کو تیار ہوں بہ شرطے کہ آپ مسلمان ہو جائیں۔

مسلمان تو میں ہوں ہی

کیسے؟

میرا ایمان خدا پہ مُسَلَّم ہے۔ پھر، میں نے جو پایا ہے، استاد علاء الدین کے گھرانے سے پایا ہے۔

آں ہاں — وہ مسلمان — کلمے والا . . .

کلمہ تو سانس ہے انسان کی جو اس کے اندر، باہر جاری اور ساری ہے۔ میرا دین سنگیت ہے۔ کیا استاد عبدالکریم خاں کا بابا ہری داس ہونا ضروری تھا؟

پھر میاں خورشید عالم کا پتا نہیں چلا۔

دو تین عورتیں بھی آئیں۔ لیکن گاندھرو داس جس نے زندگی کو

نوشانک بنا کے پی لیا تھا، بولا — جو تم کہتی ہو عین مین اس سے اُلٹ چاہتی ہو۔ کوئی نیا تجربہ جس سے بدن سو جائے اور روح جاگ اُٹھے، اسے کرنے کی تم میں ہمت ہی نہیں۔ دین، دھرم، معاشرہ نہ جانے کن کن چیزوں کی آڑ لیتی ہو، لیکن بدن روح کو شکنجے میں کس کے یوں سامنے پھینک دیتا ہے۔ تم پلنگ کے نیچے کے مرد سے ڈرتی ہو اور اسے ہی چاہتی ہو۔ تم ایسی کنواریاں ہو جو اپنے دماغ میں عفت ہی کی رٹ سے اپنی عصمت لٹواتی ہو اور وہ بھی بے مہار۔ . . . اور پھر گاندھرو داس نے ایک شیطانی مسکراہٹ سے کہا — دراصل تمھارے بچے ہی غلط ہیں!

ان عورتوں کو یقین ہو گیا کہ وہ ازلی مائیں دراصل باپ نہیں، کسی خدا کے بیٹے کی تلاش میں ہیں۔ ورنہ تین تین چار چار تو ان کے اپنے بیٹے ہیں، مجاز کی اس دنیا میں۔ . . .

میں اُس دن کی بات کرتا ہوں، جس دن بان گنگا کے مندر سے بھگوان کی مورتی چوری ہوئی۔ اُس دن پت جھڑ بہار پر تھی۔ مندر کا پورا احاطہ سوکھے سڑے، بوڑھے پتوں سے بھر گیا۔ کہیں شام کو بارش کا ایک چھینٹا پڑا اور چوری سے پہلے مندر کی جیوتیوں پہ پروانوں نے اتنی ہی فراوانی سے قربانی دی، جس فراوانی سے قدرت انھیں پیدا کرتی اور پھر ان کی کھاد بناتی ہے۔ یہ وہی دن تھا، جس دن پجاری نے پہلے بھگوان کرشن کی رادھا (جو عمر میں اپنے عاشق سے بڑی تھی) کی طرف دیکھا اور پھر مسکرا کر مہترانی چھبّو کی طرف (جو عمر میں پجاری کی بیٹی سے چھوٹی تھی) اور وہ پتے اور پھول اور بیج گھر لے گئی۔

مورتی تو خیر کسی نے سونے چاندی، ہیرے اور پنّوں کی وجہ سے

چرائی، لیکن گاندھرو داس کو لارسن اینڈ لارسن کے مالک دُروے نے بے وجہ، خرید لیا۔ گاندھرو داس اور دُروے میں کوئی بات نہیں ہوئی۔ بوڑھے نے صرف آنکھوں ہی آنکھوں میں اُسے کہہ دیا — جیسے تیسے بھی ہو مجھے لے لو بیٹے۔ بنا بیٹے کے کوئی باپ نہیں ہو سکتا۔ اس کے بعد دُروے کو آنکھیں ملانے، سوال کرنے کی ہمت ہی نہ پڑی۔ سوال شرطوں کا تھا، مگر شرطوں کے ساتھ کبھی زندگی جی جائے ہے؟ دروے نے گاندھرو داس کا قرض چکایا، سہارا دے کر اسے اٹھایا اور مالا بار ہل کے دامن میں اپنے عالی شان بنگلے گِری کنج میں لے گیا۔ جہاں وہ اس کی تیمار داری اور خدمت کرنے لگا۔

دروے سے اس کے ملازموں نے پوچھا — سر، آپ یہ کیا مصیبت لے آئے ہیں۔ یہ بُڈھا، مطلب، بابو جی آپ کو کیا دیتے ہیں؟

کچھ نہیں۔ بیٹھے رہتے ہیں آلتی پالتی مارے۔ کھانستے رہتے ہیں اور یا پھر زردے قوام والے پان چبائے جاتے ہیں۔ جہاں جی چاہے، تھوک دیتے ہیں، جس کی عادت مجھے اور میری صفائی پسند بیوی کو ابھی نہیں پڑی، مگر پڑ جائے گی — دھیرے دھیرے . . . . مگر تم نے ان کی آنکھیں دیکھی ہیں؟

جی نہیں

جاؤ، دیکھو، ان کی روتی ہنستی آنکھوں میں کیا ہے۔ ان میں سے کیسے کیسے سندیس نکل کر کہاں کہاں پہنچ رہے ہیں؟

کہاں کہاں پہنچ رہے ہیں؟ — جمنا داس دُروے کے ملازم نے غیر ارادی طور پر فضا میں دیکھتے ہوئے کہا — آپ تو سائنس داں ہیں!

میں سائنس ہی کی بات کر رہا ہوں، جمنا! اگر انسان کے زندہ رہنے کے لیے پھل پھول اور پیڑ پودے ضروری ہیں، جنگل کے جانور ضروری ہیں بچے ضروری ہیں تو بوڑھے بھی ضروری ہیں۔ ورنہ ہمارا ایکولاجیکل بیلنس تباہ ہو کر رہ جائے۔ اگر جسمانی طور پر نہیں تو روحانی طور پر بے وزن ہو کر انسانی نسل ہمیشہ کے لیے معدوم ہو جائے۔

جمنا داس اور اٹھاولے بھاؤ کچھ سمجھ نہ سکے۔

دُروے نے بنگلے میں لگے اشوک پیڑ کا ایک پتّا توڑا اور جمنا داس کی طرف بڑھاتے ہوئے بولا — اپنی پوری سائنس سے کہو کہ یہ تازگی، یہ شگفتگی، یہ شادابی اور یہ رنگ پیدا کر کے دکھائے.....

اٹھاولے بولا — وہ تو اشوک کا بیج بوئیں...

آں ہاں — دُروے نے سر ہلاتے ہوئے کہا۔ میں بیج کی نہیں، پتّے کی بات کر رہا ہوں۔ بیج کی بات کریں گے تو ہم خدا جانے کہاں سے کہاں پہنچ جائیں گے۔

پھر جمنا داس کے قریب ہوتے ہوئے دُروے بولے — میں تمھیں کیا بتاؤں، جمنا! جب میں بابوجی کے چرن چھو کر جاتا ہوں تو ان کی نگاہوں کا مرم مجھے کتنی شانتی، کتنی ٹھنڈک دیتا ہے۔ میں جو ہر وقت ایک بے نام ڈر سے کانپتا رہتا تھا، اب نہیں کانپتا۔ مجھے ہر وقت اس بات کی تسلّی رہتی ہے — وہ تو ہیں۔ مجھے یقین ہے، بابوجی کی آتما کو بھی کچھ ایسا ہی ہوتا ہوگا!

میں نہیں مانتا، سر، — یہ خالی خولی جذباتیت ہے۔

ہو سکتا تھا، دُروے بھڑک اٹھتا۔ ہو سکتا تھا وہ جمنا داس،

اپنے ملازم کو اپنی فرم سے ڈسمس کر دیتا۔ لیکن باپ کی آنکھوں کے مَرم نے اُسے یہ نہ کرنے دیا۔ اُلٹا اس کی آواز میں کہیں سے کوئی کومل سُر چلا آیا اور اس نے بڑے پیار سے کہا —— تم کچھ بھی کہہ لو، جمنا — پر ایک بات تو تم جانتے ہو۔ میں جہاں جاتا ہوں، لوگ مجھے سلامیں کرتے ہیں۔ میرے سامنے سر جھکاتے، بچھ بچھ جاتے ہیں۔

دُروے اس کے بعد ایکا ایکی چُپ ہو گیا۔ اُس کا گلا اور اس کی آنکھیں دُھندلا گئیں۔

سر، میں بھی تو یہی کہتا ہوں — دنیا آپ کے سامنے سر جُھکاتی ہے!

اسی لیے . . . دُروے نے اپنی آواز پاتے ہوئے کہا —— کہیں میں بھی اپنا سر جھکانا چاہتا ہوں۔ اچھا وے، جمنا داس، اب تم جاؤ، پلیز! میری پوجا میں وِگھن نہ ڈالو۔ ہم نے پتھر سے بھی خدا پایا ہے۔

گِری کنج میں لگے ہوئے آم کے پیڑوں پر بور آیا۔ اِدھر پہلی کوئل کوکی اُدھر گاندھرو داس نے برسوں کے بعد تان اُڑائی — کوئیلیا بولے امبوا کی ڈار . . . .

وہ گانے لگے۔ کسی نے کہا — آپ کا بیٹا آپ سے اچھا گاتا ہے۔

ایسا؟ . . . گاندھرو داس نے بمبیا بولی میں کہا — آخر میرا بیٹا ہے۔ باپ نے میٹرک کیا ہے تو بیٹا ایم۔اے نہ کرے؟

ایسی باتیں کرتے ہوئے نا سمجھ، بے باپ کے لوگ گاندھرو داس کے چہرے کی طرف دیکھتے کہ اُن کی جُھرّیوں میں کہیں تو جلن دکھائی دے۔ جب کوئی ایسی چیز نظر نہ آئی تو کسی نے لقمہ دیا — آپ کا بیٹا کہتا ہے

میرا باپ مجھ سے جلتا ہے۔

سچ؟ — میرا بیٹا کہتا ہے —

ہاں، میں جھوٹ تھوڑے بول رہا ہوں۔

گاندھرو داس تھوڑی دیر کے لیے خاموش ہو گئے۔ جیسے وہ کہیں اندر عالمِ ارواح میں چلے گئے ہوں اور ماں سے بیٹے کی شکایت کی ہو — بڑھیا سے کوئی جواب پا کر وہ دھیرے سے بولے — اور تو کوئی بات نہیں، میرا بیٹا — وہ بھی باپ ہے . . . وہ پھر اُن دنوں کی طرف لوٹ گئے جب بیٹے نے کہا تھا — بابو جی، میں بھی شاستریہ سنگیت میں آپ جیسا کمال پیدا کرنا چاہتا ہوں، مگر ڈھیر سارا روپیا کما کر اور بابو جی نے بڑی شفقت سے بیٹے کے کندھے کو تھپ تھپاتے ہوئے کہا تھا۔ ایسے نہیں ہوتا، راجو . . . یا آدمی کمال حاصل کرتا ہے یا پیسے ہی بناتا چلا جاتا ہے۔ جب دو بڑے بڑے آنسو لڑھک کر گاندھرو داس کی داڑھی میں اٹک گئے، جہاں دُروے بیٹھا تھا، اُدھر سے روشنی میں وہ پرزم ہو گئے، سفید روشنی جن میں سے نکل کر سات رنگوں میں بکھر گئی . . .

دروے کو نہ جانے کیا ہوا۔ وہ اُٹھ کر زور سے چلایا — گیٹ آؤٹ . . . . اور لوگ چوہوں کی طرح ایک دوسرے پر گرتے پڑتے ہوئے بھاگے۔

گاندھرو داس نے اپنا ہاتھ اٹھایا اور صرف اتنا کہا — نہیں۔ بیٹے، نہیں —

ان کے ہاتھ سے کوئی برقی رویں نکل رہی تھیں۔

ڈروے جب لارسن اینڈ لارسن میں گیا تو فلپ، اس کا ورکس منیجر کمپیوٹر کو ڈیٹا فیڈ کر رہا تھا۔ کمپیوٹر سے کارڈ باہر آیا تو اس کا رنگ پیلا پڑ گیا۔ وہ بار بار آنکھیں جھپک رہا تھا اور کارڈ کی طرف دیکھ رہا تھا.......

لارسن اینڈ لارسن کو اکتالیس لاکھ کا گھاٹا پڑنے والا ہے۔ اس گھبراہٹ میں اُس نے کارڈ ڈروے کے سامنے کر دیا، جسے دیکھ کر اُس کے چہرے پر شکن تک نہ آئی۔ ڈروے نے صرف اتنا کہا — کوئی انفارمیشن غلط فیڈ ہو گئی ہے۔

نہیں سر... میں نے بیسیوں بار چیک، کراس چیک کر کے اُسے فیڈ کیا ہے۔

تو پھر.. مشین ہے۔ کوئی نقص پیدا ہو گیا ہو گا۔ آئی۔ بی۔ ایم والوں کو بلاؤ۔

موورک — چیف انجینیر تو ساؤتھ گیا ہے۔

ساوتھ کہاں ؟

تروپتی کے مندر... سُنا ہے اُس نے اپنے لمبے، ہپی بال کٹوا کر مورتی کی نذر کر دیے ہیں!

ڈروے ہلکا سا مسکرایا اور بولا — تم نے یہ انفارمیشن فیڈ کی ہے کہ ہمارے بیچ ایک باپ چلا آیا ہے؟

فلپ نے سمجھا، ڈروے اس کا مذاق اُڑا رہے ہیں، یا ویسے ہی اُن کا دماغ پھر گیا ہے۔ مگر ڈروے کہتا رہا — اب ہمارے سر پہ کسی کا ہاتھ ہے، تبریک ہے اور اُس کے نتیجے کا حوصلہ اور ہمت... مت بھولو، یہ مشین کسی انسان نے بنائی ہے، جس کا کوئی باپ تھا، پھر اُس کا باپ... اور آخر سب کا باپ — جہلِ مرکب یا مفرد!

فلپ نے اپنی اندرونی خفگی کا منہ موڑ دیا — کیا دیویانی اب بھی بابوجی کے پاس آتی ہے؟

ہاں۔

مسز دروے کچھ نہیں کہتیں؟

پہلے کہتی تھیں۔ اب وہ اُن کی پوجا کرتی ہیں۔ بابوجی دراصل عورت کی جات ہی سے پیار کرتے ہیں فلپ... معلوم ہوتا ہے انھوں نے کہیں پرکرتی کے چتون دیکھ لیے ہیں، جن کے جواب میں وہ مسکراتے تو ہیں، لیکن کبھی کبھی بیچ میں آنکھ بھی مار دیتے ہیں۔

فلپ کا غصہ اور بڑھ گیا۔

دُروے کہتا گیا — بابوجی کو شبد — بیٹی، بہو، بھابی، چاچی، للّی، میا بہت اچھے لگتے ہیں۔ وہ بہو کی کمر میں ہاتھ ڈال کر پیار سے اس کے گال بھی چوم لیتے ہیں اور یوں قید میں آزادی پا لیتے ہیں اور آزادی میں قید۔

دیویانی؟

دُروے نے حقارت سے کہا — تم سیکس کو اتنی ہی اہمیت دو، فلپ، جتنی کا کہ وہ مستحق ہے۔ تیتر بٹیر بنے بغیر اسے حواس پہ مت چھانے دو... سنگیت شاید ایک آڑھتی دیویانی کے لیے...

میں سمجھا نہیں سر؟

بابوجی نے مجھے بتایا کہ وہ لڑکی بچپن ہی میں آوارہ ہو گئی۔ اس نے اپنے ماں باپ کو کچھ اس عالم میں دیکھ لیا، جب کہ وہ نوخیزی سے جوانی میں قدم رکھ رہی تھی۔ پھر وہ ہمیشہ کے لیے آپ ہی اپنی ماں ہو گئی۔ باپ کے مرنے کے بعد وہ گھبرا کر ایک مرد سے دوسرے دوسرے

سے تیسرے کے پاس جانے لگی۔ اس کا بدن ٹوٹ ٹوٹ جاتا تھا، مگر رُوح تھی کہ تھکتی ہی نہ تھی۔

کیا مطلب؟

دیویانی کو دراصل باپ ہی کی تلاش تھی۔

فلپ جو ایک کیتھولک تھا، ایک دم بھڑک اُٹھا۔ اس کے ابرُو بالشت بھر اوپر اٹھ گئے۔ اور پھیلی ہوئی آنکھوں سے نارنجی نم لپکنے لگی۔ اُس نے چلّا کر کہا — یہ فراڈ ہے، مسٹر ڈِروے یور، اَن اڈلٹریٹیڈ فراڈ...

جبھی ڈِرُوے نے اپنے خریدے ہوئے باپ کی نم آنکھوں کو ورثے میں لیے، کمپیوٹر کے پس منظر میں کھڑے فلپ کی طرف دیکھا اور کہا — آج ہی بابوجی نے کہا تھا، فلپ! تم انسان کو سمجھنے کی کوشش نہ کرو، صرف محسوس کرو اسے۔

☆☆☆

بولو

"بولو" انسپکٹر گپتے نے عاجز ہو کر کہا۔

اس کی آواز اب بازگشت ہو کر رہ گئی تھی، بلکہ ٹھیٹ رلائی۔ جب اس نے ملزم سے پوچھا، "کہ، کون تھا اس قتل کے پیچھے؟"

ملزم ونائی (دونائیک) بدستور خاموش تھا۔

گپتے اور اس کے ساتھی اجگاؤنکر وغیرہ نے ونائی پر تیسری ڈگری کے سب گر استعمال کیے تھے اور اب وہ ڈر گئے تھے کہ کہیں مار کے نشان ملزم کے بدن پر رہ گئے تو وہ خود دھر لیے جائیں گے۔ ریمانڈ کے چودہ دنوں میں سے صرف تین دن باقی تھے۔ جبکہ اُنھیں ونائی کو چارج شیٹ کے ساتھ میٹرو پالیٹن مجسٹریٹ کے سامنے پیش کرنا تھا۔ جو خود شکل ہی سے قاتل معلوم ہوتا تھا۔ قتل کے پیچھے سازش کا ثبوت فراہم کرنے کے سلسلے میں گپتے اور اجگاؤنکر کی ہر تفتیش اندھی کالی راہوں سے ٹکرا کر خاک و خون اُڑاتی، روتی، چلاتی، ونائی ہی پر

لوٹ لوٹ آتی تھی۔

پیلا چوکی کا یہ پولیس اسٹیشن راجدھانی کے معمار لیوفنٹن نے نہیں، کسی مقامی ہونق نے بنایا تھا اور اس بات کا خیال رکھا تھا کہ کہیں ہوا کا رُخ حوالات کی طرف نہ ہو۔ فضا میں رطوبت اس کی سیلن کا باعث ہے۔ پھر اور باتیں — تادیب، تھرڈ ڈگری وغیرہ۔ اب تک ان دیواروں پر ہیبت کے نقشے بن چکے تھے۔ انسان کے اندر کا ڈر باہر آکر دیواروں پر مصوّر ہو گیا تھا۔ ان تجریدی تصویروں کے سامنے چینی، جاپانی ڈریگن، تبتی مہاکال، افریقی بھولا وغیرہ کچھ بھی نہ تھے چھت پر جو شکلیں بنی ہوئی تھیں، انھیں دیکھ کر تو کوئی معصوم سے معصوم بھی چلّا اٹھتا —

"گلّو کو میں نے مارا ہے، حسن تو بہ کا قتل میں نے کیا ہے۔ توبہ"...

کرسی جس پر گپتے بیٹھا ہوا تھا، اس کا ایک بازو غائب تھا اور جہاں اجگا ڈنکر براجمان تھے، اس کے دونوں . . . وہ دونوں بازو' دایاں اور بایاں' یا تو ونائی پر استعمال ہوئے تھے اور یا پھر ملکی سیاست میں حصہ لینے چلے گئے تھے۔ اوپر ہزار واٹ کا ہنڈہ اور ایسی کچھ اور چیزیں جمہور کی طرح ننگی تھیں۔

حوالات کی سلاخوں کے پیچھے سے حبس باہر جھانک رہا تھا، جہاں ہال میں ڈیوٹی آفیسر تین چار غنڈوں کا بیان لے رہا تھا۔ وہ عادی مجرم ایک عجیب قسم کی بے نیازی سے بیٹھے پورے انسانی جُرم سے منکر ہو رہے تھے۔ گویا وارداتیں انھوں نے نہیں، ہمزادوں نے کی ہیں۔ ایک تو بار بار اپنا ہاتھ ران پر مارتا تھا، جیسے پہلوان

لوگ اکھاڑے میں اترنے سے پہلے چیلنج کے انداز میں مارتے ہیں۔ کوئی ننگا ہو اور اپنی برہنگی کا احساس رکھے تو ہر آتا جاتا اسے دیکھتا ہے، لیکن اگر وہ اپنی اس صورت پر شرمائے نہ لجائے، اُلٹا ڈھٹائی سے دوسروں کو دیکھتا جائے تو سب کی نظر نیچی ہو جاتی ہے۔ کانسٹبل، میٹرو پالیٹن کمبئی کے نیلے بھوت، ہتھکڑیوں کے پس منظر میں بیکار، صرف حکم کے منتظر تھے۔ ان کا بس چلتا تو ہر شہری کے ہاتھوں میں وہ لوہے کا زیور پہنا دیتے۔ محرّر کا قلم جسے ہر وقت خارش رہتی تھی، دوات میں ڈوب رہا تھا اور وہ خود بے کار بیٹھا جماہیاں لے رہا تھا اور ایف، آئی، آر کا رجسٹر ان سب لوگوں کے کرم خوردہ مسوڑھوں اور جبڑوں کی طرح سے کھُلا سامنے میز پر پڑا تھا۔

باہر بارش ہو رہی تھی۔ بے کار کی کِن مِن کِن مِن ۔ ۔ ۔ ۔ ۔

یہ کیسے ہو سکتا تھا کہ بغیر کسی وجہ، کسی سازش کے ونائی ایک خوبصورت نوجوان عورت کا قتل کر دے؟ ایشے (دیشو وہا) کے گلے میں منگل سُوتر، ناک میں پھُلّی، باہنوں میں چوڑیاں جوں کی توں موجود تھیں۔ کارونر کی رپورٹ میں جبر تو ایک طرف کسی جھپٹ کا بھی اندراج نہ تھا۔ کوئی نئی یا پرانی دشمنی بھی ثابت نہ ہو سکتی تھی، کیونکہ ایشے وڈالہ کے نمک والے بیرک نما کواٹروں میں اپنے شوہر نارائن اور دو بچوں کے ساتھ رہتی تھی، جبکہ ونائی اس سے فرسنگ پرے — ورلی کے کولی واڑے میں، جہاں بومِل مچھلی کی بو چوبیس گھنٹے انسان کے جسم و ذہن کا احاطہ کیے، اس کے پور پور میں بس جاتی ۔ ۔ ۔ ونائی کی محبوبہ تُنگو د ڈالے کے پاس رہتی تھی البتہ — ایلیٹو پ پل کے نیچے، ہار بر برانچ

کی ریلوے لائن کے بازو میں، جہاں بے شمار جھونپڑیاں برسات اور تڑاکے کے میل جول سے جیسے اپنے آپ اُگ آئی تھیں۔ مگر اس کا ایشے سے کیا تعلق؟
ایشے اور اس کا میاں برہمن تھے، شکو اور اس کے ماں باپ کوئی جوڈاکٹر امبیڈکر کی شہ پر بدھ ہو گئے تھے۔ اس پر بھی نہایت ہی لاپذیر ہندو سماج انھیں عزت سے بلانے کی بجائے بدھو کہتا تھا۔ موقع پڑتے ہی ان کی جھونپڑیاں تک جلا ڈالتا۔ انھیں جسمانی اور روحانی عذاب پہنچاتا۔ گویا بدھ ہو جانے پر بھی یہ لوگ اَچھوت کے اَچھوت ہی رہے۔ حالانکہ تاریخ کے دھندلے ادوار میں انھی کوئی، ماہی گیر لوگوں کی ایک حسینہ نگس گندھا نے پانڈووُں کے باپ سے شادی کی تھی اور آج جن لوگوں کے سامنے ہمیں سر جھکانا پڑتا ہے، ان کی ماں بنی تھی۔ ۔ ۔ ۔
پھر نارائن کا رقیب بھی نہ تھا کوئی۔ البتہ الزام ہی لگانا، قانون کو پڑانا ہو تو ہر آدمی اس مرد کا رقیب ہوتا ہے، جس کی عورت ایشے ہو!
ایشے معمول کی طرح گنپتی وسرجن کے لیے مرد عورتوں کے ساتھ سیوڑی والے ساگر کی طرف گئی تھی۔ بھوکے، ننگے لوگ، ۔ ۔ ۔ ۔ پیٹ میں پاپڑی نہیں، تن پہ چیتھڑا نہیں۔ مگر جا رہے ہیں۔ ناچ اور گا رہے ہیں، چاہے سوکھا ہو چاہے برسات، وہ خود نہیں بیوڑہ اُنھیں گھسیٹے لیے جا رہا تھا شاید۔ اور یا پھر مذہبی جوش، جو بیچ میں جنون ہو ہوا اُٹھتا تھا۔ جب وہ کسی کی بھی بے عزتی کر دیتے۔ اندر کی کسی جلن سے کاروں کے شیشے توڑ دیتے اور کسی کی مجال نہ تھی انھیں کچھ کہنے کی۔ کیسے کہتے۔ کیونکہ پوری قوم، قومیت تھی ان کے پیچھے تھی اور شو سینا۔ ۔ ۔ ۔ جیسے محرم میں تعزیہ نکالنے والوں کے پیچھے پوری شیعہ قوم نہیں

ہوتی؟ آٹھ بازوؤں والی درگا کے پیچھے بنگالی نہیں ہوتے؟ چاہے وہ گھاس ہوں یا نکسل باڑی؟ ایسے ہی جیسے بیوڑہ بنانے اور بیچنے والوں کے پیچھے انڈر ورلڈ ہوتی ہے، مافیا ہوتا ہے۔ ایک معمولی سے ٹریفک کانسٹبل کے پیچھے پوری سرکار ہوتی ہے۔ پھر یہ کیسے ممکن ہے کہ ونائی کے پیچھے صرف ونائی ہو؟

ایک، بے آرٹ، غیر ماموں جذبے تلے گنپتی وسرجن والے مورتی لے جاتے، ناچتے گاتے ہوئے جارہے تھے — گنپتی بابا موریا، پڑچے ورشی لوکر آ۔ یعنی کہ اگلے برس جلدی آ۔ مگر یہ پرار تھنا تو پچھلے اور اس سے پچھلے برس میں بھی کی تھی ان لوگوں نے پھر سمپتی دینے والے گنپتی بابا نے کیا دیا تھا انھیں؟ کس کس کے گھر بھر دیے تھے؟ الٹا اس کی لمبی سونڈ اور پھیلی ہوئی توند کو دیکھ کر یوں معلوم ہوتا تھا، جیسے سب کے حصے کا وہ خود ہی کھا گیا ہے۔ ایرانی ہوٹل والے راشٹرپتی کی سفارش سے ایک پاؤ دیتے تھے۔ شکر بازار سے یونہی غائب ہوگئی تھی — گھاسلیٹ کے لیے میل میل، ڈیڑھ ڈیڑھ میل کے کیو لگتے تھے۔ اس کی نایابی کی وجہ سے گھروں میں چولھے جلنے بند ہو گئے تھے۔ کوئی زمانہ تھا عورت سونے کی کوئی چیز یا اچھی سی ساری دیے جانے پر اپنا سب کچھ دے بیٹھتی تھی، لیکن اب وہ گھاسلیٹ کے چھوٹے سے ٹن پر چلی آئی تھی۔ . . .

گنپتی بابا موریا، کے ورد سے یہ لوگ تھک جاتے تو کسی زٹل قافیے پر چلے آتے، جو پوری زندگی ہو گیا تھا۔ پاؤڈر والے دودھ کی بالائی مار گئی! اور پھر 'مار گئی'، کی مناسبت سے وہ اس کے بے شمار گندی گردانیں کرتے ہوئے چلتے۔ بھیگی ہوئی چھوکریوں کے نمایاں

بچھواڑوں کی چٹکیاں لیتے، اپنے اور ان کے اگاڑے مشتعل کرتے...
ایشے بھی ان کے ساتھ تھی۔ اس کا بدن جو ایک ہی مرد کے مسلسل مماس سے سو گیا تھا، جاگ جاگ اُٹھتا۔ اسے گمان بھی نہ تھا کہ ٹچے برس تو ایک طرف، پڑچے پل ہی میں ونائی کا رامپوری چاقو اس کے آر پار ہوگا اور یہ انوکھا مماس اسے کہاں سے کہاں پہنچا دے گا اور اس غریب کا اپناوسرجن پانی کی بجائے آگ میں ہوگا۔ ساگر میں کا بڑوانل کہتا ہے آگ پانی سے بھی بڑی ہے۔ کیا معلوم؟
بائیس۲۲ چوبیس کی ہوگی ایشے۔ یعنی اس عمر کی جس میں کہ ہر عورت اپنے وجود ہی سے کہتی ہوئی معلوم ہوتی ہے — میں ہوں۔ مغربی گھاٹ کی پیداوار ہونے کی وجہ سے سب ناریل اور ان میں کا سارا کھوپڑا اس کے بدن کو بنانے میں لگ گیا تھا۔ پھر کیا کیا گولائیاں، بالائیاں چلی آتی تھیں اس پر۔ اوپر کچھ ولندیزیوں، عربوں کا خون مل گیا تھا، جو بھارت کے پچھمی ساحل پر تجارت کرنے کے لیے آئے تھے۔ ان کے کارن نہ صرف ایشے کا رنگ سُرخ و سپید تھا، جلد ریشمیں، بلکہ آنکھیں بھی عرب ساگر کی طرح سے زمردیں ہوگئی تھیں۔ پوسٹ مارٹم کے بعد جب نارائن کو اس کی لاش ملی تو وہ اسے اپنے نمک والے کوارٹروں میں لے آیا۔ سب تماشائیوں کو ہنکال کر اس نے ایشے کو ایک کمرے میں بند کر لیا اور قریب ڈیڑھ دو گھنٹے اس کے ساتھ اکیلا رہا۔
جب دروازہ کھلا تو لوگوں نے دیکھا۔ ایشے دُلھناپے کا کانٹا لگائے پڑی ہے، اُس کی ناک میں پھُلّی کی بجائے کھڑا ہے، پانو کی انگلیوں میں بچھوا.....

کتنا پیار کرتا تھا نارائن اس سے۔ شادی کے بعد ایک بار جب ایشے مائیکے گئی تو کسی نے پوچھا۔ کے دن رہ گئے بہو کے آنے میں؟ نارائن نے ترنت جواب دیا — بیس[2] دن اور اکیس[2] راتیں!

جب نارائن مسکرا بھی نہ رہا تھا —

—— اب ایشے کی ارتھی نکلی تو وہ رو بھی نہ رہا تھا۔ اس کی آنکھوں کے آنسو کہاں چلے گئے تھے، یہ کیا معلوم۔ ابھی اتنا ہی کافی ہے، کہ وہ سب اڑوس پڑوس کی آنکھوں سے بہہ رہے تھے۔ اپنے سرخ کاشے ٹ، کفن میں ایشے اور بھی گوری چٹی لگ رہی تھی۔ وہ ایک ایسی نیند سو رہی تھی، جو شبِ زفاف میں دلھن چار چھ بار نکل جانے کے بعد سوتی ہے۔

ارتھی اُٹھ جانے کے بعد اس کے بچے — ناتھو اور سبھا بار بار پوچھتے تھے —

"آئی کُٹھے؟ (ماں کہاں ہے؟) اور ایک راشٹر بھاشی جواب دیتا، آئی تو گئی...... ایسی معمولی سی ترکیب وضع کر لینے سے اس کی لسانی شہوت تسکین کو پہنچ جاتی۔

صرف دو دن رہ گئے تھے ریمانڈ میں، جبکہ انسپکٹر گیتے نے ونائک کو تفتیش کا آخری پتھر مارا۔ ونائک اپنی جگہ سے ہل گیا۔ اس کے ہونٹ تھوڑا بھنچ کر فوراً ہی معمول کے ہو گئے۔ ایک ٹھنڈے غصے میں جانے وہ کیا کچھ پی گیا۔ گرم غصے میں آنکھیں لال ہو جاتی ہیں اور شریانوں کی گانٹھیں ان میں سرخ دھبے، خون کا دباؤ ایکا ایکی بڑھ جانے سے تنفس گھوڑ چال ہو جاتا ہے، نتھنے پھولنے لگتے ہیں۔

ہونٹوں پہ کف چلی آتی ہے، بدن کی رگیں اور پٹھے تن جاتے ہیں، کوئی نئے اور ممکن وار اپنے اوپر لینے کے لیے۔ مگر وہ — ونائی، رنگ کا کالا، بدن کا کھردرا، جات کا کولی، جیسے گوشت پوست سے نہیں، کسی عقیدے کی فولاد سے بنا تھا۔ جسمانی یا روحانی مار کا اس پر کوئی اثر ہی نہ تھا۔ اس سارے سلسلے میں یا تو وہ آگے کی بہت سی صدیاں گن گیا تھا اور یا پیچھے کی۔ وہ دلت پنتھروں کے ساتھ فلرٹ کرتا تھا اور کبھی کبھی شیوسینا کے رسالے 'مارمک' میں کسی دوسرے نام سے لکھتا بھی تھا۔ اس وقت وہ تخفیف کے انداز میں کھڑا تھا، جیسے کوئی بھگت سنگھ دیس کی آزادی کے لیے پھانسی لگنے جا رہا ہو — الٹا اس کی آنکھیں کچھ اور سپیدی پکڑ گئیں تھیں، کفن کی تہوں میں چھپی ہوئی نیلاہٹ اُمڈ آئی تھی جن میں ساگر ڈوب رہے تھے، اپنے اندر پوری لوکائی کا وسرجن لیے ہوئے۔ اس کا غصہ اوپر اور اوپر، لاشعور کی تہوں میں جا چھپا تھا، جہاں ساری خدائی ملتی ہے اور وہ — غصہ، کسی ایک فرد کا ہو کر رہ جانے کی بجائے پورے اجتماع کا ہو جاتا ہے۔۔۔۔

باہر آج بھی بارش ہو رہی تھی اور انسان کے نفس، اس کی سائیکی کا بیڑا غرق کر رہی تھی۔ کہاں تو پورے جولائی اور اگست کے مہینے خالی گئے تھے اور کہاں اب ستمبر کے آخر میں یوں لگ رہا تھا، جیسے ورن دیوتا بیڑ کے کیگ کے کیگ پی کے دنیا کو اپنی چھوٹی حاجت کا شکار بنا رہا ہے۔ خریف کی فصل تباہ ہو رہی تھی۔ اس کی وجہ یہ تھی کہ خدا فارسی نہ جاننے کی وجہ سے ربیع اور خریف کے معنی نہ سمجھتا تھا۔ فصلوں میں اسے کوئی تمیز نہ رہی تھی۔ وہ تھوڑا ابہرد، تھوڑی سنسکرت

اور عربی میں شُد بُد رکھتا تھا اور بس۔ معلوم ہوتا تھا کہ اسے ایک ہی زبان آتی ہے، جس کا نام۔ ہے — آہ!

جب سرکار کے میٹ ڈیپارٹمنٹ کے لوگ، خدا کے نمایندے بنے، ایک بلیٹن شائع کر دیتے۔ خلیج بنگال میں ایک ٹرف' ایک کونڈا پیدا ہو گیا ہے۔ ہو سکتا ہے وہ ٹائی فون بن کر اڑیسہ کے بے شمار گانو کو تباہ کرتا ہوا ذہن کینل کے ضلع کی طرف نکل جائے۔ (جہاں کھاد کا کارخانہ ہے) اور یا پھر مدھیہ پردیش سے مراٹھ واڑ، بمبئی کی طرف چلا جائے۔ کچھ علاقوں کو تو وہ باڑھ سے برباد کر گیا، اور کینول میں سوکھا ہو گیا اور لوگوں کو اس بات کا فیصلہ کرنے کے لیے چھوڑ گیا کہ ان کے لیے بھوکا مرنا اچھا ہوگا یا ڈوب کر جان دینا؟ چاروں طرف ہاؤ ہو کا نقارہ بج رہا تھا — بے زبان، بے سُر، بے تال۔

— اور ونائی چپ تھا۔ چپ صابر جابر کے سامنے تن جائے تو بڑے بڑوں کی بولتی بند ہو جاتی ہے۔ سازش کی تفتیش کے سلسلے میں گپتے اتنا تنگ آگیا تھا کہ اس کا جی چاہتا تھا کہ پیٹی اور پتلون اتار کر ونائی کے سامنے لیٹ جائے۔ . . . اسے ریمانڈ کے پہلے چند دن یاد آرہے تھے، جب اس نے ونائی سے پوچھا تھا —

"تم نے اپنے کو کیوں مارا؟"

ونائی نے یونہی سا سر ہلا دیا۔ جس کا مطلب تھا۔ ایسے ہی۔

"اس لیے کہ وہ اونچی جات والی تھی؟"

"نہیں۔"

"امیر عورت تھی؟"

"نہیں۔"

"خوب صورت اور جوان تھی؟"

"نہیں، نہیں، نہیں۔" وناٹی نے قدرے برافروختگی سے کہا۔ "شکو اس سے کہیں زیادہ سندر، کہیں زیادہ جوان ہے۔"

"شکو؟" گپتے نے اپنی کرسی پر سے اُٹھتے ہوئے کہا۔" وہ کالی کلوٹی کوئی چھوکری جو آٹھ آنے میں ـــــ"

اس سے پہلے کہ گپتے اپنی بات پوری کرتا، وناٹی ایک دم اُچھل کر کھڑا ہو گیا اور بولا۔" باسٹرڈ!..... تمھاری بہن سے اس کا ریٹ زیادہ ہے...؟"

یہ وقت تھا، جبکہ گپتے نے وناٹی کو پہلا اور بھرپور تھپڑ مارا۔ اس کی انگلیاں اس نو عمر مگر سرکش لڑکے کے گالوں میں کھُب گئیں وہ ہل نہ سکتا تھا کیونکہ حولدار اور کانسٹبل لوگ مضبوطی سے اسے پکڑے ہوئے تھے۔ وناٹی پر اس کا کوئی اثر نہ ہوا، نہ ہی انگلیوں کے نشان آئے؟

گپتے نے اپنے سینیر اجگاؤنکر کی طرف دیکھا۔ وناٹی بولتا چلا گیا ـــ" دنیا کے نائینٹی نائن پرسینٹ لوگ اگر ایک ٹکے میں بکتے ہیں تو تم آدھے میں..... وہ سب دلت جاتی کے ہیں۔ رنگ کے کالے، پر صحت والے......"

جبھی گپتے نے کرسی کا بازو کھینچا اور پے در پے وناٹی پر برسانا، اسے گالیاں دینا شروع کر دیں۔ کچھ دیر کے بعد وناٹی لڑکھڑایا اور پھر ان سب کے سامنے ڈھیر ہو گیا اور یوں اس تفتیش کا پہلا

سیشن ختم ہوا۔

رات مرہم پٹی ہو جانے کی وجہ سے ونائی ہوش میں آچکا تھا۔ پوری رات وہ سیلے فرش پر پڑا رہا۔ کپڑے پھٹ جانے کی وجہ سے وہ کچھ ڈھکا، کچھ ننگا، مغربی گھاٹ کا کوڑیالا کیو برا معلوم ہو رہا تھا۔ سامنے فرش پر رات کی دو سوکھی روٹیاں پڑی تھیں جو اب تک پاپڑ ہو گئی تھیں۔ دال کے کٹورے میں سمارودع قسم کی ایک سفید سی چھلی چلی آئی تھی۔ اور جب وہ ختم ہوئے تو ونائی کو کاٹنے لگے چیونٹوں نے جب دیکھا کہ اسے کاٹنے سے وہ خود ہی مرنے لگے ہیں تو بھاگ کر چینوٹیالہ میں دبک گئے۔

انسپکٹر لوگ آئے۔ ان کے چہروں کی رگیں اور پٹھے کچھ ارادوں سے تنے ہوئے تھے۔

"ونائی" اجگاؤنکر نے پکارا۔

ونائی اٹھا، گرا، پھر اٹھا اور اپنا کوبڑی بھن تان کر اجگاؤنکر کو درست کرنے لگا — "ونا ٹیک راؤ۔۔۔ ونا ٹیک راؤ۔۔۔"

"او کے۔۔۔ او کے" اجگاؤنکر نے اپنے بید کو بغل میں اڑستے ہوئے کہا — "مسٹر ونا ٹیک راؤ۔۔۔۔"

"THAT'S RIGHT" ونائی نے کہا۔ اس کے چہرے پر اب نفرت کا ایک احساس تھا۔ بازو کے ایک جھٹکے سے اس نے گردن پر رات کا لگا ہوا پسینہ اور میل پونچھا اور اجگاؤنکر کی آنکھوں میں آنکھیں ڈال دیں۔

اجگاؤنکر نے پوچھا— "تم ہوٹل نیرج کے پروپرائٹر کو جانتے ہو؟"

"نہیں" ونائی نے جواب دیا "ہاں ایک بار کھانا کھایا

تھا اُدھر۔"

تم جانتے ہو، جوزف پریرا، اس کا پروپرائیٹر، ٹاؤن کونسلر کلکرڈنی اور وڈالے کے کچھ نبیٹوں کے ساتھ مل کر کاجو اور فینی بیچتا ہے۔ گوا سے میرہ منگواتا ہے، فارن سے سکاچ؟"

"یہ میں نہیں جانتا ۔۔ مگر اتنا ضرور جانتا ہوں کہ اس کا دھندا تم مادر ۔۔ کو ہفتہ کھلائے بغیر دو دن بھی نہیں چل سکتا۔۔۔"

اجگاؤنکر تلملا کر رہ گیا۔ بات سچی مگر یوں دوٹوک تو کمشنر نے بھی نہیں کی تھی۔ اس نے دائیں ہاتھ سے ماتھے پر کا پسینہ پونچھا اور پھر گپتے کی طرف اشارہ کیا کیونکہ یہ کیس دراصل اُسی کا بے بی تھا۔ یہ ایسے ہی تھا، جیسے کورٹ میں استغاثہ جب اپنی جرح ختم کر لیتا ہے تو وکیل صفائی کی طرف اشارہ کرتے ہوئے کہتا ہے "یور کیس"۔

گپتے نے کہا، "راؤ صیب۔۔۔ آپ کے نالج میں ہے، جوزف پریرا ایشے پر آنکھ رکھتا تھا؟"

"آنکھ رکھتا تھا کہ ٹانگ رکھتا تھا۔۔۔" ونائک نے جواب دیا۔ "کون، کسے، کتنے دھکے لگاتا ہے۔۔۔ میں کیا اس کا اکاؤنٹ رکھتا ہوں؟"

"تمھیں پتا ہے پریرا اور علاقے کے دادا اکرم نے دادر اور پریل کے کراس روڈ پر جہاں مہابیرجی کا مندر ہے، ایشے کو چھاتی سے پکڑ لیا تھا؟"

"ہوں؟"

"پھر شور مچ جانے پر پریرا بھاگ گیا، مگر اکرم پکڑا گیا۔ لوگوں

نے اسے مارا؟"

ونائی نے اس بات پر سر ہلایا اور بولا: "اس لیے مارا کہ سالوں میں خود ہمت نہیں تھی چھاتیاں پکڑنے کی۔"

ونائی ہنس رہا تھا۔

"اس سے پریرا کی بے عزتی ہوئی۔" گپتے نے اپنا بیان جاری رکھتے ہوئے کہا۔ "اپنے کا دھندہ چوپٹ ہو گیا۔"

"تب؟"

گپتے نے آواز کو بلند کیا۔ "تب، بدلہ لینے کے لیے اس نے ایک اجیر، ایک ہائر لنگ رکھا؟"

"ہوں۔"

"اور وہ — تم تھے.... تم... تم..."

اس سے پہلے کہ ونائی جواب دیتا۔ اجگا ڈونکر نے گویا چھت ہی پھاڑ دی۔ کے روپوں میں فیصلہ ہوا؟... بولو...؟

"بولو۔" گپتے اس کے ساتھ ہی گرجا۔

ونائی خاموش رہا۔ انسان ہمیشہ اس لیے خاموش نہیں رہتا کہ وہ مجرم ہے..... وہ تھک بھی جاتا ہے۔

یہ وہ وقت تھا۔ جب آدمی اس قدر بھائیں بھائیں کرتے ہوئے خاموشی کے سامنے نہ صرف بے بس ہو جاتا ہے، بلکہ کانپنے لگتا ہے۔ نامرادی میں، غصّے میں۔ جبھی دوسری کرسی کے بازو ونائی پہ ٹوٹ ٹوٹ گئے۔ وہ پھر بے ہوش ہو گیا۔ اب وہ مفتوح فاتح تھا۔ اس کی ناک ہی سے نہیں، کان سے بھی خون بہنے لگا تھا۔ جو دماغ سے

جریان کی علامت ہے۔ گپتے اور اجگاؤنکر دونوں کی چھٹی ہو گئی۔۔۔۔۔

"ڈھوکے!" گپتے نے گھبرائی ہوئی آواز میں حوالدار سے کہا۔ "بھاگو۔۔۔۔۔ ناکے پر جاؤ اور برف لاؤ۔"

حوالدار ڈھوکے نے "ہو" کہا اور سیلوٹ کے تکلف میں پڑے بغیر باہر کی طرف لپکا۔ پیچھے سے گپتے نے تائیدی آواز دی۔

"پوری سِل لانا۔"

۔۔۔۔ دو روز بعد تیسرا سیشن ہوا۔ ونائی بچ گیا، جبکہ گپتے، اجگاؤنکر اور کچھ کانسٹبل مل کر ونائی کے پھسل کر گرنے اور گر کر زخمی ہو کر مر جانے کا پنچ نامہ تیار کرنے کی فکر میں تھے۔ تیسرے دن ڈاکٹر آئی، آئی گلانی کی مدد سے انھوں نے ونائی کی زبردستی فیڈنگ کی۔ طاقت کے انجکشن دیے تاکہ اسے تندرست بنائیں اور پھر ماریں۔

یہ دیکھ کر کہ اس وقت اذیت دینا ٹھیک نہیں ہے گپتے اور اجگاؤنکر نے پینترا بدلا۔ ونائی کے پاس آتے ہوئے اجگاؤنکر نے کہا۔

"ونے۔۔۔۔۔!"

ونائی چوکنا ہو گیا۔

"تم میرے بھائی ہو!"

"ہوں!"

تمھارا گاؤں اروت اجگاؤں ہی کے پاس ہے!"

"ہوں۔"

اس سے پہلے کہ اجگاؤنکر اپنا ہاتھ کسی مصنوعی میلان سے ونائی کے کندھے پر رکھتا۔ ونائی نے پوری قوت سے یوں جھٹک

دیا کہ وہ اجگاؤنکر کی پیٹھ سے جا لگا اور اسے موچ آتی ہوئی محسوس ہوئی۔ گپتے، حوالدار ڈھوکے اور دوسرے کانسٹبل حیران تھے کہ اتنا سب کچھ ہو جانے، پہروں بھوکا رہنے کے باوجود اس چھوکرے میں اتنی طاقت کہاں سے چلی آئی؟!

''میں تمھاری مار سہہ سکتا ہوں۔'' ونائی بولا ''پیار نہیں۔''

صاف دکھائی دیتا تھا کہ ونائی کی آنکھوں میں آنسو اُمڈ رہے ہیں اور کتنی محنت، کتنی مشقت سے وہ انھیں کہیں اوپر بھیج رہا ہے۔ مگر چونکہ آنسو اور جذبہ ہم زلف ہوتے ہیں، اس نے کسی رشتے کا لحاظ کرتے ہوئے کہا ''میں نے جو بولا ہے، سچ بولا ہے۔''

''سچ کہتے ہو۔'' گپتے نے نرمی سے کہا ''اس گھات کے پیچھے کسی اور کا ہاتھ نہیں؟''

''نہیں۔''

اور پھر ونائی اپنے آپ شروع ہو گیا، جیسے کوئی صفائی یا تزکیہ چاہتا ہو۔ ''میں اسے جانتی، مت بھید کے لیے مارتا تو بدلہ لینے کی بات ہوتی، پیسے کے لیے مارتا تو چوری بیری، لوٹ مار کی۔ شریر کے لیے مارتا تو ریپ کی....''

''ہوں.... ہوں....'' گپتے اور اجگاؤنکر نے ایک ساتھ کہا اور ٹوٹی کرسیاں آگے سرکالیں۔ وہ یک رُکنی الفاظ صرف ونائی ہی کا ٹھیکہ نہ تھے۔

''میں نے ایشے کو اس لیے مارا۔'' ونائی نے گرد و سے کہا۔ ''گینیتی وسرجن کے پورے کراؤڈ میں وہی تھی، جس کا کچھ نہیں بگاڑا

تھا۔ جو بہت خوب صورت لگ رہی تھی، اور انوسنیٹ "۔

پھر تھوڑی دیر کے لیے وہ رُک گیا۔ جیسے وہ رُکا تھا، ویسے ہی شروع بھی ہو گیا۔" میں کسی ایسے کو قتل کرنا چاہتا تھا، جو ایک دم معصوم ہو، دیوی ہو، دیوتا ہو۔۔۔۔"

گپتے اور اجگاؤنکر کے چہروں پر ابتری پھیل گئی۔ اب جو انھوں نے کہا وہ الفاظ کی مشت زنی تھی ——— "تمھیں پتا تھا، ایشے کے دو چھوٹے چھوٹے بچے ہیں۔ نا تھو، سلبھا؟"

"——— اور صرف ایک پتی" ونائک نے جیسے پورے عمرانی نظام پر چوٹ کی۔

کچھ دیر خاموشی حکومت کرتی رہی۔

"تم دلت پینتھر ہو؟" آخر اجگاؤنکر نے اس سکوت کو توڑا، قانون شکنی کی۔ ونائک نے کوئی جواب نہ دیا۔ وہ سوال کو جواب کے قابل نہ سمجھتا تھا۔

"کرانتی کار؟" گپتے نے تضحیک کے انداز میں کہا" بلیک پینتھر؟ چے گوارا کے پیرو؟ الفتح۔۔۔۔"

"میں ان سب کا باپ ہوں" ونائک نے ایک دم ایکسائٹ ہوتے ہوئے کہا" میں نے ایک بے قصور کو مارا ہے" اور پھر اسی دم بولا۔ اُن کا باپ اور تمھارا پوھنا (داماد)!"

گپتے اُچھل گیا، مگر اجگاؤنکر نے اپنی مضبوط باہوں سے اسے دبا دیا۔ اور بولا۔

"جانتے ہو تمھارے جُرم کی سزا موت ہے؟"

ونائک نے سر ہلایا "اسی لیے تو یہ سب میں کیا ہے ۔ ۔ ۔ تم مجھے مارنا چاہتے ہو اور میں مرنا چاہتا ہوں ۔ بولو، جیت دونوں میں کس کی ہوئی؟ ۔ ۔ ۔ بکواس یہ ہے کہ اب تم میرے ساتھ کچھ اور لوگوں کو بھی مارنا چاہتے ہو ۔ جیسے ایک آدمی کے مارنے سے تمھارے قانون کی کھجلی دور نہیں ہوتی ۔"

اور یہاں سے ونائک کا ٹھنڈا غصہ ایک واضح شکل اختیار کر گیا، کیونکہ اس کا چہرہ بے رنگ تھا، کسی قسم کے تاثر سے عاری، جبکہ گپتے نے کہا ــــ "مرو گے تو پتا چلے گا مرنا کیا ہوتا ہے؟"

"WHAT A DONKEY ?" ونائک نے ہنستے ہوئے جواب دیا۔

گپتے اور اجگاؤنکر نے اوپر سے ہزار واٹ کے ہنڈے کی روشنی ونائک پر پھینکنا شروع کر دی اور بھی بہت سی چیزیں تھیں پوچھنے کی خاطر کے لیے ۔

دنیا کے کسی نہ کسی حصے پر ہر سال، ہر وقت برف پڑتی ہے ۔ ابھی وہ پگھل بھی نہیں پاتی کہ اس پر اور برف پڑ جاتی ہے اور وقت کو منجمد اور توسل بنا دیتی ہے ۔

ونائک کی دنیا کا نقطۂ انجماد اسی دن سے بسیط ہونا شروع ہو گیا تھا، جبکہ وہ کولی ماں باپ کے گھر پیدا ہو گیا۔ وہ ساڑھے چار سال کا تھا جبکہ اس کا باپ، رتنا کولی، ریڈ سگنل کے باوجود اپنی ناؤ لے کر سمندر میں ٹھل گیا۔ اسی شام چاند اور نیچو نے مل کر نہ جانے کیا سازش کی کہ رتنا کو اپنے آغوش میں کھینچ لیا۔ وہی مچھلیاں جنھیں

رتنا کو ہی کھانا، پکانا اور بیچنا چاہتا تھا، مل کر اسے ہی کھا پکا اور بیچ گئیں۔ ماں ایک سپیرے کے ساتھ بھاگ گئی اور کچھ برسوں کے بعد ونائی کے لیے تین بہنیں اور دو بھائی لے کر لوٹ آئی۔ ونائی اسکاٹش آرفینج میں پڑھا، جو نام ہی کا آرفینج ــــ اناتھ آلیہ ہے، مگر اس میں صرف اناتھ ہی پڑھ سکتے ہیں۔ ونائی اگر وہاں پڑھا تو یہ فادر کرخانیس کی مہربانی تھی۔

وہ نقطہ اسی سال سمٹنا شروع ہو گیا، جبکہ لوگوں نے گنپتی کی مورتی گھر میں استھاپت کی اور پھل پھول اس کی سیوا میں بھینٹ کرنے لگے۔

اس دن ونائی اینٹوپ ہل کے دامن میں شکو سے آخری بار ملا۔

شکو ہاتھ میں گولڈ فلیک کا ایک پرانا ٹین تھامے کھڑی تھی اور بے حد پریشان نظر آ رہی تھی۔ اس کی زلفیں وہم کی طرح سے لمبی آنکھیں گمان کی طرح سے دھندلی اور بدن یقین کی طرح سے سخت تھا۔ گویا اینٹوپ ہل کے ادھر آبنوس سے بنی ایک اپسرا تھی اور ادھر فولاد سے بنی اپسرا ــــ ٹرامبے کاری ایکٹر۔ یہ میں ری ایکٹر کی مناسبت سے کہہ رہا ہوں کہ شکو کا پورا بدن ایک برتنا تھا، جس کی کنی کنی یورینیم تھی اور نس نس کوبالٹ۔ وہ معدنیات کی ایک کان تھی، جسے کسی نے ابھی تک پراسپیکٹ نہیں کیا تھا۔ وہ دھاتوں کا خزانہ، اسے ایک ہی دھات چاہیے تھی اور وہ بھی صرف ونائی سے۔۔۔۔ اسے نشچے ہو گیا تھا کہ یہی وہ مرد ہے جس کی وجہ سے اپنا آپ کم پڑتا ہوا محسوس ہوتا ہے۔

جب شکو نے بتایا کہ وہ اور اس کے ماں باپ رات سے

بھوکے ہیں، کیونکہ گھاسلیٹ کے نہ ہونے سے چولھا نہیں جلا تو ونائی نے اپنے اسی یک رُکنی انداز سے کہا ــــ " ہوں!"

" ہوں کیا؟" شکو نے ادا سے پوچھا، جس کے جواب میں ونائی نے پھر وہی "ہوں" دہرا دی۔ جو آواز پہلی " ہوں " سے مدھم تھی، کیونکہ وہ سمجھ سے تعلق رکھتی تھی۔

جبھی، اسے قدوائی روڈ پر ماٹنگا سائین کی طرف جاتا ہوا ایسو کمپنی کا ایک ٹینکر دکھائی دیا۔ جس میں گھاسلیٹ تھا۔ پیچھے اس کی ٹونٹی سے مٹی کا تیل قطرہ بقطرہ ٹپک رہا تھا۔

ونائی نے شکو کے ہاتھ سے گولڈ فلیک کا ٹین جھپٹ لیا اور ٹینکر کے پیچھے دوڑا۔ سامنے ایک ٹرک کے آہستہ ہو جانے سے ٹینکر کی رفتار بھی کم ہو گئی تھی۔ ونائی اچک کر اس کے پیچھے لٹک گیا۔ ایک ہاتھ سے اس نے سیڑھی تھامی اور دوسرے ٹین کو ٹونٹی کے نیچے کر لیا وہ چاہتا تو پھرکی گھما کر ایک ہی سیکنڈ میں وہ چھوٹا سا ٹین بھر لیتا مگر اس نے سوچا وہ صرف وہی تیل لے گا، جو گر کر سڑک پر ضائع ہو رہا ہے...

شکو، کلیجے پر ہاتھ رکھے کھڑی دور سے اسے دیکھ رہی تھی۔

سگنل موافق نہ ہونے سے ٹینکر تھوڑا نا کے پر رُکا اور پھر جھٹکے کے ساتھ دائیں طرف مڑ کر سائن ماٹنگا روڈ پر ہو لیا۔ ریل کا پُل پار کرتے ہی ونائی کا ٹین بھرنے لگا۔ جبھی راشن کی دُکان پر گھاسلیٹ کے لیے لمبے کیو میں لگے ہوئے لوگوں نے دیکھا اور شور مچا دیا ــــ

"چور چور..." ونائی کا ہاتھ سلپ ہو گیا اور وہ نیچے سڑک پر گر گیا۔ ٹینکر رُکا۔ لوگ لپکے اور ونائی کو پکڑ کر اُسے مارنا شروع کر دیا۔

ٹینکر کا ڈرائیور اس کا کنڈکٹر ساتھی اسے گھسیٹتے ہوئے پاس ہی کے پولیس اسٹیشن کی طرف لے جانے لگے۔ ونائی کو صرف ایک ہی چوٹ آئی تھی اور وہ یہ کہ ٹیمن کے ساتھ گھا سلیٹ بھی نیچے گر گیا تھا۔

ونائی نے نہیں مگر جانے کس نے شکو کا نام لے دیا۔ اس دن بہت گرمی تھی کیونکہ بادل تنے تھے، مگر چھینٹا نہیں پڑ رہا تھا۔ جبھی پولیس کا ایک آفیسر جیپ لیے اینٹوپ ہل کی جھونپڑی میں پہنچ گیا ___ 'تفتیش' کے لیے۔ اس نے شکو اور اس کے ماں باپ کو بتایا کہ ونائی حوالات میں ہے اس پر چوری، ڈاکے ___ ہائی وے رابری، کے دوش لگے ہیں۔

شکو ایک تو پہلے ہی بھوکی تھی۔ اس پر ونائی کے پکڑے جانے کی بات سن کر وہ کانپنے لگی۔

"اسے مارا تو نہیں؟" وہ بولی۔

آفیسر نے کوئی جواب نہ دیا۔ اسے پیاس لگی تھی۔ اس کی وجہ گرمی تھی یا شکو، یہ نہیں معلوم۔ لیکن جب شکو نے گھڑے سے پانی نکال کر اسے دیا۔ تو اس نے لینے، پینے سے انکار کر دیا۔ شکو نے سوچا کوئی بات نہیں . . . اونچی جات کا ہوگا۔ آفیسر نے بتایا، ونائی، گھر آسکے گا جب کوئی اس کا ضامن بنے گا۔

شکو نے چھاتی پر ہاتھ رکھا اور بولی "جامن میں بنوں

"تم؟" شکو کے باپ نے کہا ___ "تمھارے . . . .

جب تک شکو غلیل کے گلّے کی طرح سے باہر چھوٹ گئی تھی۔

آفیسر اٹھا اور شکو کے باپ کو دلاسا دیتے ہوئے بولا "گھبراؤ نہیں کاکا، شخصی ___ پرسنل ضمانت بھی ہو سکتی ہے . . ."

اور وہ باہر کھڑی جیپ کی طرف چل دیا۔
بوڑھے نے وتسلا، شکو کی طرف دیکھا۔ اس کی نگاہوں میں شک تھے۔ مگر وتسلا بائی بولی۔ کوئی بات نہیں، جانتی نہ ہوتی تو آجائے گی، شکو۔۔۔"
ونائی حوالات کی سلاخوں کے پیچھے سے ڈیوٹی آفیسر کو دیکھ کر چلا رہا تھا۔
"میں نے کوئی چوری نہیں کی، انسپکٹر۔۔۔ کوئی ڈاکہ نہیں ڈالا۔ ٹینکر سے گھاسلیٹ ٹپک رہا تھا، سڑک پر گر کر ویسٹ ہو رہا تھا۔"
ڈیوٹی آفیسر بنیے کی طرح کسی امیر گاہک کی طرف متوجہ تھا۔
پولیس آفیسر کی جیپ پہلے آگئی، جس سے اُتر کر وہ پولیس اسٹیشن کے پیچھے چلا گیا۔ جہاں راستہ کوارٹروں کی طرف جاتا تھا۔ ونائی نے شکو کو دُور سے آتے دیکھا۔ وہ بھاگ رہی تھی اور اس کی گھنگھور زلفیں پیچھے کی طرف اُڑ رہی تھیں، کہیں برسنے جا رہی تھیں۔ اگلے ہی پل میں وہ نظروں سے اوجھل ہو گئی۔
آدھ پون گھنٹے کے بعد ایک کانسٹبل نے حوالات کا دروازہ کھولا اور کہا۔" ونائیک راؤ۔۔۔ باہر۔"
ونائی جو اس ارتقا کے لیے تیار ہی نہ تھا، بولا۔"کیا مطلب؟۔۔۔ کیوں؟ کیسے؟"
باہر آیا تو اس نے شکو بائی کو ڈیوٹی روم میں نہ پایا۔
"میری ضمانت کس نے دی ہے؟۔۔۔ کس نے بیل آؤٹ کیا ہے مجھے؟" اس نے ڈیوٹی آفیسر سے پوچھا، جس نے باہر کی طرف

اشارہ کیا۔

ونائی نے دیکھا شکو پولیس اسٹیشن کے احاطے سے باہر جا رہی ہے اور وہ اپنی نہیں کسی اور ہی کی چال چل رہی ہے۔۔۔

اس سے پہلے کہ وہ باہر لپکتا، ڈیوٹی آفیسر نے اسے روکا اور ایک کاغذ سامنے رکھتے ہوئے کہا "سہی کرو۔۔۔ ۳ راکتوبر کو اِندرا کورٹ میں حاجر ہونا مانگتا سمجھا؟"

ونائی نے جلدی سے کاغذ پر دستخط کیے، اس کی نقل ہاتھ میں چُر رمُر کی اور پھر باہر کی طرف بھاگا۔ سڑک سے اُدھر ٹریفک سگنل کے سامنے ہی ونائی نے شکو کو آ لیا۔

"شکو!" ونائی نے کہا۔۔۔

شکو کچھ نہ بولی۔ وہ رو ہی تھی اور نہ ہنس رہی تھی۔ وہ اس عالم میں تھی جس میں انسان دیکھتا ایک چیز ہے اور سوچتا دوسری اور سوال کرنے والے کی طرف مڑ کر صرف اتنا سا کہتا ہے۔ ایں؟

ونائی نے شکو کو دونوں کندھوں سے پکڑ کر جھنجوڑ دیا ——

"کیا ہوا شکو؟"

"کچھ نہیں" شکو نے جواب دیا۔

ونائی اس کے پیچھے ہو لیا۔ اور کچھ نہیں تو ٹرافک سے اسے بچانے کے لیے۔ سگنل کے پاس پہنچ کر ایک بار ونائی نے مڑ کر پیچھے پولیس اسٹیشن کی طرف دیکھا، جس کی دیواریں ٹھوس کنکریٹ سے بنی تھیں۔

سگنل کے دوسری طرف سڑک پر ٹرکی ٹریفک ابھی راستہ نہ دے رہی تھی۔ وہ دونوں پیراپٹ پر کھڑے تھے۔ جبکہ ونائی نے پھر پوچھا ــــ "شکو! بول تو سہی کیا ہوا؟"

شکو نے ایک فریادی نظر سے ونائی کی طرف دیکھا۔

"تم نے میری ضمانت دی ہے؟" ونائی نے پوچھا۔

"ــــ"

"کیسے دی ہے؟ تمھارے پاس ..."

شکو نے حقارت کی نظر سے ونائی کی طرف دیکھا۔ اس کی نگاہیں زبان سے زیادہ ناطق تھیں جو کہہ رہی تھیں ــــ مرد کی جات کتے کی ہے ... وہ اگر اپنی زبان کو شرمندۂ الفاظ کرتی تو ونائی کہتا ــــ کتے کی نہیں، بھیڑیے کی۔ مگر وہ یہی بے گانی چال چلتی ہوئی سڑک پار کر گئی اور قدوائی روڈ کی پٹڑی پر ہولی۔ ونائی نے لپک کر اس کا ہاتھ پکڑا اور جھٹکے سے اپنی طرف کھینچا اور بولا ــــ شکو"

شکو پلٹ کر الٹ کر ونائی سے آلگی۔ یوں معلوم ہوا جیسے وہ اس کی چھاتی پر اپنا سر رکھ کر اپنا دکھ رولے گی، سکھ بولے گی۔ مگر نہیں شکو اپنا ہاتھ چھڑا لیا۔ اسے ونائی سے نفرت تھی، اپنے آپ سے نفرت تھی .... وہ چل دی!

ونائی بھونچکا کھڑا رہ گیا اور شکو کو جاتے دیکھنے لگا جس نے اپنے کاشٹے کا پلو منہ میں ٹھونس لیا تھا اور جا رہی تھی۔ سامنے بائیں ہاتھ پر ہاسٹل، ہاربر برانچ کی ریلوے لائنیں اور انیٹوپ ہل کی جھونپڑیاں نظر آرہی تھیں۔

ونائی سب جان گیا تھا، سب سمجھ گیا تھا وہ کتنا کہنا چاہتا تھا شکو، تم نردوش ہو کنواری ہو۔ ۔ ۔ ایسی حالات میں سبزی بیچنے والی شانتا کو اس کے پتی نے گھر سے نکال دیا تھا اور آج وہ فارس روڈ کی جنگو باڈی کے قحبہ خانے میں رہتی، دھندا کرتی ہے۔ روز رات چھ سات مرد اسے روندتے دلتے ہوئے نکل جاتے ہیں۔ اس سے کم ہوں تو نہ وہ میڈم، نہ دلال کے پیسے دے سکتی ہے اور اسے پھیری والے کی سوکھی روٹی اور مرچ کھانی پڑتی ہے۔ لیکن وہ کنواری ہے کیونکہ نہ اسے اپنے گاہکوں سے محبت ہے، نہ اپنے پتی سے تھی۔ ۔ ۔ ۔

ونائک کا خیال تھا، شکو آخر اسے بلائے گی، لوٹ کر آئے گی۔ مگر نہیں۔ وہ تو اپنے آپ کو اب ونائک کے قابل نہ سمجھتے ہوئے جا چکی تھی۔ ونائک نے آخری بار اسے اپنی نظروں کی سرحد پر دیکھا اور چلا اٹھا ــــ " میں ۳ر اکتوبر نہیں آنے دوں گا۔ ۔ ۔ میں تین اکتوبر نہیں آنے دوں گا۔ ۔ ۔ "

اور اسی عالم میں وہ بھاگتا ہوا ماٹنگا کی بھاری ٹریفک میں کہیں گم ہو گیا۔ ۔ ۔ (تھا)

☆☆☆

گیتا

میں خفا ہوں، بے حد خفا! — انسان سے، دیوی سے، خدا سے اور اس تجاہل سے جسے انسانیت کا ایک بہت بڑا حصّہ خدا کے نام سے یاد کرتا ہے۔ خفا ہونے سے کیا ہوتا ہے؟ .... آپ ایک مورتی کی پوجا کرتے ہیں۔ اسے اپنے سے، انسان سے بڑا درجہ دیتے ہیں اور مقامی طور پر اسے اپنے لیے آخری حقیقت سمجھتے ہیں لیکن ایک دن وہ مورتی اپنے ٹھکانے پر سے گر کر ٹوٹ جاتی ہے۔ ایسے میں آپ کس سے شکایت کریں گے؟ کسے کوسنے دیں گے؟ کیا آپ ساکن چیزوں میں حرکت کی پیچیدہ حسابی مساوات اور اس کی اقلیدسی شکلوں میں اُلجھیں گے یا اس سائنسی حقیقت پر سر دُھنیں گے کہ پتھر نہ صرف زندگی رکھتا ہے بلکہ بہت دور کا ایک نامحسوس اور استھول سا ارادہ بھی؟ کیا یہ ممکن نہیں کہ پتھر نے کسی اندرونی تحریک سے خود کو گرا کر ٹکڑے ٹکڑے کر لیا ہو؟

دانائے راز ان باتوں کا کیا جواب دے سکتا ہے، سوائے اس بات

کے کہ وہ چپ رہے اور دنیا کی سب بے ذلت اور مہمل موتوں کے دُکھ کو کہیں دور، دل کے اندر، اپنے آفاقی غم کا حصہ بنا لے۔ پھر کیسلے کے ٹھوریے یا لمٹ کی طرح سے آگے گزر جائے اور اس منزل پر پہنچ کر انتظار کرے جہاں ذلت کی حدیں بس ہو جاتی ہیں اور انسانی خفگی عقلِ کل سے سوال کرتی اور اس کا جواب پاتی ہے۔

گیتا کو اس وقت موت نے آلیا، جب وہ زندگی کے اوج پر تھی۔ چیچک سے بچنے کے لیے اسے کئی بار ٹیکہ لگوانے کے لیے کہا گیا لیکن اس نے ہمیشہ انکار کر دیا کیونکہ اس کے والد کو انسان کی اس چارہ جوئی کے باوجود چیچک ہو گئی تھی جس میں اس کی آنکھیں ہمیشہ کے لیے جاتی رہیں۔ گیتا جو ایک اچھی بیٹی، بہن، بیوی، ماں، اور دوست تھی، سب کا کہا مانتی تھی لیکن اس نے کیوں ضد پکڑ لی؟ یہ کیسا انکار تھا جو اس کے منہ سے نکلا تھا؟ کون سا ہاتھ تھا جو اسے موت کی طرف کھینچ رہا تھا؟ ہو سکتا ہے گیتا سے یہ بھول نہ ہوتی تو وہ آج اپنے بچوں مکی اور کاجل اپنے میاں شمی، اپنے بہن بھائیوں اور ان گنت عزیزوں اور دوستوں کے درمیان ہوتی۔ لیکن کہیں اس کا چہرہ مسخ ہو جاتا یا آنکھیں چلی جاتیں تو کیا ہوتا؟ گیتا جو زندگی میں اپنی ہی شرط پر جینے کی عادی تھی، کیسے مشروط زندگی سے مصالحت کر لیتی؟ اسے دیکھ کر اس کے لاکھوں چاہنے والوں کا کیا حال ہوتا؟ اپنے چاہنے والوں کو نہ دیکھ کر اس کی کیا حالت ہوتی؟ اس قسم کے سوال پھر LA MYSTIQUE کی حدیں چھونے لگتے ہیں اور آخر مبتلائے عقل آدمی اس حقیقت کے سامنے سر جھکا دیتا ہے۔ جو ایک ہی جست لے کر زندگی کی باقی سب 'حقیقتوں' سے آگے آ کھڑی ہوتی ہے اور

وہ ہے موت۔ یہ سچ ہے کہ گیتا آج نہیں ہے۔ اس بار آ کر اس کے بڑے سے پتے پر لرزتے والے شبنم کے قطرے کو چتا کی آگ نے دھواں بنا دیا ہے۔ وہ بمبئی میں بان گنگا کے شمشان میں جلائی جا چکی ہے اور اس کی روح ایک ایسی شانتی پا چکی ہے جس کی تمنا گیتا نے ہرگز نہ کی تھی کیوں کہ اس نے تو اضطراب کا راز پا لیا تھا۔

بان گنگا کے شمشان کے ساتھ ہی وہ مندر تھا جہاں دس برس پہلے گیتا نے اپنا ہاتھ سُمی کے ہاتھ میں دیا تھا اور پیار نبھانے کی سوگند لی تھی۔ اس نے تو اپنی سوگند نبھا دی لیکن سُمی کی سوگند کا کیا ہوا؟ وہ سُمی سے محبت کرتی تھی، ایسی محبت جو ہمارے شاستروں اور ہماری مریادا نے ایک پتنی کو تفویض کی ہے۔ وہ بیک وقت پتنی، دوست اور ماں تھی اور ایک فاصلے سے اپنے پتی کے کھلنڈرے پن کو دیکھا کرتی تھی۔ سُمی کے پیار میں بھی وہی والہانہ پن تھا جسے میں نے گیتا کی باتوں کے بین السطور جانا ہے۔ چنانچہ جتنے دن گیتا بیمار رہی، سُمی اپنا سب کام چھوڑ کر گیتا کی نگہداشت کرتے رہے۔ اس کی جانکاہی میں محبت کے کئی چھوٹے اور بڑے وعدے کیے اور نیازیں گزاریں جو ایک طرح کے واسطے تھے قضا و قدر کو، جو قسمت نے تسلیم نہ کیے۔ جب ان کی شادی ہوئی تھی تو مندر کے بت، ساحل کے سنگریزے، سمندر کی لہریں اور اس وقت کا آسمان جانتے تھے لیکن ان سب نے مل کر اس حسین جوڑے کو چند برس کے لیے عشرت کی چھوٹ دے دی تھی۔

اک فرصتِ گناہ ملی وہ بھی چار دن
دیکھے ہیں ہم نے حوصلے پروردگار کے

میں نے اس مضطرب روح کو اس کے بچپن ہی سے دیکھا ہے۔ گیتا لاہور میں ہمارے پڑوس میں رہتی تھی۔ جب بھی وہ نظر کی پہلی کی طرح ۔ یہ تھی وہ گئی، قسم کی لڑکی تھی۔ اس کے دُبلے پتلے بدن اور گورے چٹے چہرے میں ایک ہی چیز باقی کے، تمام خدوخال سے نمایاں تھی اور وہ تھیں اس کی بڑی بڑی آنکھیں۔ جن میں حیرت تھی، جستجو تھی۔ خوب سے خوب تر کی جستجو ۔ وہ ہر بات کی ماہیت جاننا چاہتی تھی اور اس کے لیے کوئی بھی قیمت دینے کو تیار تھی۔ اس کی آنکھیں پپوٹوں میں ایک تیز گراری کی طرح سے چلتی تھیں اور یہ تھا بھی ٹھیک کیونکہ انھیں سو سال کا سفر جو تیس برس ہی میں طے کرنا تھا۔ گیتا کی آنکھیں درسی کتاب پر اتنا نہ رکیں جتنا کتابِ زندگی پر۔ اور یہی وجہ تھی کہ وہ مضمون کے آر پار نکل سکتی تھی۔ ورنہ عام کتاب میں تو الفاظ اور پھر کاغذ نظر کی پرواز کو جکڑ لیتے ہیں اس کی حیرت انگیز سمجھ بوجھ ایک عام تعلیم یافتہ آدمی سے کہیں زیادہ تھی کیوں کہ اس کے علم کا مدار وجدان پر تھا لیکن اس کی نگاہوں میں کہیں ایک لمحہ ساکت تھا جسے بہت کم لوگوں نے دیکھا۔ نظروں کی قوس میں ایک مقام خالی تھا جہاں تک کوئی نہ پہنچا۔

چند لوگوں نے فروعی طور پر ان آنکھوں کے سحر کو جانا اور غالباً اسی لیے انھیں صرف شوخی اور چلبلے پن اور کہیں ایک آدھ جذباتی سین میں استعمال کر سکے۔ پہلی فلم جس میں گیتا نے منفرد اداکاری کی، سہاگ رات تھی جس کی شوٹنگ ہی کے دوران میں ہدایت کار نے اس نظر کے اُٹھنے اور جھکنے کے بیچ میں نغمہ و سحر بھی دیکھ لیا اور آہِ صبح گاہی بھی اور اپنی اگلی

تصویر کا نام 'باورے نین' رکھ دیا لیکن گیتا کے نام لینے کے باوجود وہ ان ان شاہین بچوں کے پر پرواز کی قوت اور ان کی اڑان کا اندازہ نہ کر پائے۔ ان کا اندازہ گیتا کو تھا لیکن غیر شعوری طور پر۔ آخر کوئی وجہ تھی کہ جب گیتا نے اپنی تصویر 'رانو' بنانے کا فیصلہ کیا تو اپنے ادارے کا علامتی نشان دو آنکھیں رکھا۔ بڑی بڑی آنکھیں جو ایک طرف تو بدری ناتھ کے مندر پر بنی ہوئی بھگوان وشوناتھ کی آنکھیں تھیں جو منزلوں دور سے آنے والے جاتریوں کو دیکھتی اور ان کی رکھشا کرتی ہیں اور دوسری طرف دیوی کی آنکھیں جو انسانی زندگی کو اس کے پاپ اور پُن میں دیکھتی ہیں۔ من اور اس کی درتیوں کے آر پار چلی جاتی ہیں اور ہر جذبے کے ساتھ رنگ بدلتی رہتی ہیں۔ ابھی ان میں دیا ہے ابھی کرونا اور ابھی چنڈی کا کوپ۔ ابھی جزا ہے' ابھی سزا اور پھر چھما۔ آنکھیں نہ صرف دل کا آئینہ ہیں' بلکہ باہر کی دنیا کو بھی دیکھتی ہیں اور اس کا عکس دل میں اتار لیتی ہیں۔ ان کا اوّل اور آخر مقصد ہے دیکھنا اور اپنا آپ دکھانا لیکن ہر گاہ خاموش رہنا۔ ایسی خاموشی کہ نطق بھی جس کے سامنے پانی بھرے اور یہ گیتا کی خاص بات تھی۔ وہ بات کرنے والے کی طرف ٹک ٹک یوں دیکھتی تھی کہ وہ بعض اوقات گھبرا اٹھتا تھا۔ لیکن اسے گیتا اور اپنے رشتے کے بارے میں فوراً پتا چل جاتا۔ ابھی وہ آپ کی دوست ہیں' ابھی دشمن' پھر دوست نہ دشمن' ایک ہی لمحے پہلے ہستی سے معمور وہ آنکھیں اچٹ کر ہستی کی منزلوں میں گم ہو گئی ہیں...

مجھے اس سے دلچسپی نہیں کہ گیتا نے فلمی دنیا میں کامیابی کا سنگلاخ راستہ کیسے طے کیا یا وہ کون کون سی تصویروں میں آئی۔ مجھے

کتاب سے دلچسپی ہے، اس کے ابواب کی فہرست سے نہیں۔ اگر کسی فلم میں اسے کامیابی کا منہ دیکھنا نصیب ہوا تو اس لیے کہ کہانی یا منظر اس کی وجدانی سمجھ میں آگیا یا کوئی ذہین ہدایت کار جزوی طریقے سے پھر اسے گیتا کے ذہن تک منتقل کرنے میں کامیاب ہوگیا لیکن اکثر اور بیشتر ہمارے ہدایت کار اپنی مجبوریوں کے باعث گیتا سے وہ کام نہ لے سکے جس کی صلاحیت گیتا میں تھی۔ یہی وجہ تھی کہ وہ کسی اچھی کہانی، کسی اچھے خیال اور جذبے کی تلاش میں سرگرداں رہتی تھی۔ کبھی ماحول کی مناسبت اور کردار کے اچھے ہونے سے اسے کام کرنے میں مزا آتا اور کبھی صرف خانہ پُری کر دیتی اور اپنے تنہائی کے لمحوں میں بیٹھ کر رو دیتی۔

مجھے اندازہ نہ تھا کہ فلم اور فلمی اداکاری کے بارے میں گیتا کی نظر انتقاد اتنی بلند تھی۔ کہتے ہیں عنقا کا آشیانہ بلند ہوتا ہے لیکن گیتا کا ٹھکانہ عنقا کے آشیانے سے بھی کہیں اوپر تھا۔ یعنی وہاں جہاں کبیر کے ایک بھجن کے مطابق بغیر بادلوں کے بجلی چمکتی ہے اور بن سورج اُجیارا ہوتا ہے۔ جہاں آنکھوں کے بغیر موتی پروئے جاتے ہیں اور بنا شبد کے شبد کا اُچارن ہوتا ہے مجھے یاد ہے ایک بار باتوں باتوں میں میں نے کچھ ایسے فلم بنانے والوں کے نام لے دیے جنھیں نہ صرف ہمارا ملک بلکہ باہر ملکوں کے لوگ بھی مانتے ہیں۔ مڑ کر دیکھا تو گیتا کی آنکھوں میں آنسو جھلملا رہے تھے اس سے پہلے کہ میں اس کی وجہ پوچھتا، گیتا میرے سامنے ہاتھ جوڑ رہی تھی اور پھڑکتے ہوئے ہونٹوں سے التجا کر رہی تھی کہ میں آیندہ اس کے سامنے کبھی ان لوگوں کے نام نہ لوں۔ وفورِ جذبات میں وہ چند ایسے نام بھی لے گئی جو اس کے اپنے قریب کے تھے وہ فلم 'راتو' کو کسی ایسے ہی دیکھے نہ سنے انداز میں بنانا

چاہتی تھی۔ اس نے اپنے لیے وہ مقام متعین کر رکھا تھا جس تک آج تک کوئی نہ پہنچا۔ شاید مرے بغیر وہ خود بھی نہ پہنچ سکتی تھی۔ جب مجھے پتا چلا کہ گیتا کس دیس کی باسی ہے...

میں نہیں جانتا اسے میں اپنی اس وقت کی خوش قسمتی کہوں یا اس وقت کی بد قسمتی کہ خود میرے اور اپنے عزیز دوستوں کے منع کرنے کے باوجود گیتا نے میرے ناول "ایک چادر میلی سی" کو فلمانے کا فیصلہ کر لیا۔ گیتا کے پاس یہ ناول میرے دوست دید صاحب لے گئے تھے جنھیں آخر اس فلم کا ہدایت کار ہونا تھا۔ ہماری گیتا کو منع کرنے کی وجہ یہ تھی کہ "ایک چادر میلی سی" کی کہانی ہماری مروجہ فلمی کہانیوں سے یکسر الگ تھی۔ چھوٹتے ہی اس کی نائیکہ رانو چار بچّوں کی ماں دکھائی دیتی تھی۔ پھر اپنی بدکرداریوں کے کارن اس کا پتی قتل ہو جاتا تھا اور رانو کو اپنے دیور پر چادر ڈالنا، اس کے ساتھ شادی کرنا پڑتی تھی جو عمر میں اس سے گیارہ سال چھوٹا تھا اور جسے اس نے ایک بچّے کی طرح پالا تھا۔ گیتا کو رانو کے کردار میں ایک بہت بڑی رینج دکھائی دی اور وہ اس پہ مرمٹی۔ رانو اور گیتا میں کیا مماثلت تھی؟ غالباً یہی کہ دونوں نے دُکھ دیکھا تھا۔ اپنی فلسفیانہ تحلیل میں رانو دیوی تھی کیونکہ اس نے زندگی کو ایک بھرپور طریقے سے جیا۔ اس نے مار کھائی، مار، اپنے پیٹ، اپنی بیٹی، اپنی محبت کے لیے اس نے میٹھے مالٹے، شراب کی بوتل توڑی اور پھر اپنے دیور کو رام کرنے کے لیے اسے پلائی بھی۔ لیکن ان سب باتوں کے باوجود دیور نے اس کے سارے پاپ چھما کر دیے۔ یہی نہیں وہ خود دیوی ہو گئی... دیا اور کرونا کے پرساد بانٹنے لگی... رانو کے کردار نے گیتا کے دل میں ایک عجیب سی گھلاوٹ پیدا کر دی تھی اور وہ جان گئی تھی کہ زندگی کے بھلے برے کے آخر

میں موکش ہے چنانچہ میرے ناول کی نائیکہ اور یہ نائیکہ دونوں آخر موکش کو پہنچ گئیں اور میں بیچ ہی میں رہ گیا۔

اس بات سے گیتا کے بہت سے قریبی لوگ بھی واقف نہیں کہ گیتا کو FATHER FIXATION تھا۔ اس کی سب حرکتیں ایک 'انا تھ' لڑکی کی طرح تھیں۔ وہ کھلتی تھی تو بے تحاشا کھلتی اور جب سمٹتی تو ایک پھول کی طرح اپنی پنکھڑیاں کچھ اس انداز سے بند کر لیتی کہ سب کیڑے مکوڑے اس میں گھٹ کر مر جاتے۔ اس کا اندازہ مجھے اس وقت ہوا جب درسوا میں اس کے پتا کا انتقال ہوا۔ میں مردے سے بہت ڈرتا ہوں لیکن نہ معلوم یہ کیسا رشتہ تھا کہ میں نے اپنے ہاتھ سے گیتا کے باپ کو نہلایا۔ جب سے گیتا نے میری طرف اس انداز سے دیکھنا شروع کر دیا جیسے کوئی بیٹی باپ کی طرف دیکھتی ہے۔ چنانچہ وہ مجھے اپنی تصویر 'رانو' کا باپ کہا کرتی تھی۔

گیتا کے دل میں تخلیق اور اس کے خالق کے لیے بے پناہ جذبہ تھا اور عقیدت تھی۔ چاہے وہ زندگی اور فن کا کوئی شعبہ ہو۔ وہ پائے کے مصوروں، موسیقاروں، شاعروں اور مصنفوں کے سامنے یوں ہتھیار ڈال دیتی جیسے اس کی اپنی کوئی شرط ہوتی ہو۔ وہ انھیں اپنے دل میں وہی درجہ دینے لگتی جو ایک عام آدمی کسی اوتار یا ولی اللہ کو دیتا ہے۔ یہ الگ بات ہے کہ جب کوئی اس کے ایثار، اس کے بلند معیار پر پورا نہ اترتا تو اسے برابر ہی کی مایوسی ہوتی اور پھر ایکا ایکی اسے جھٹک بھی دیتی۔ وہ شائستگی کی گرویدہ تھی اور اس سلسلے میں اسے کئی بار اپنے اردگرد کے ماحول سے ٹکر لینا پڑتی۔ لیکن چونکہ گیتا کا ہر پل تنو درن تھا اس لیے وہ مچھلی کی طرح ہمیشہ دھارے کے خلاف، زندگی کے آبشار کے اوپر ہی اوپر پہنچنے کی

کوشش کرتی۔ بیچ میں ایسے لمحے بھی آئے جب وہ عملی زندگی کے ساتھ مصالحت کے سلسلے میں ہار بھی جاتی ۔ جب وہ خاموش ہو جاتی اور صرف کسی بنگاہ والے ہی کو اس کی اندرونی کیفیت کا پتا چلتا ۔ اس کی شکل سمندر کی سی ہوتی جو اوپر، سطح پر سے تو شانت نظر آتا ہے لیکن اندر، اپنے سینے میں بڑوانل لیے ہے، جب اس کا راز اُگلوانا مشکل ہی نہیں، ناممکن ہوتا... البتہ پتا اس وقت چلتا جب کچھ کشتیاں ڈوبی ہوئی ملتیں، کچھ بادبان اور مستول ٹوٹی پھوٹی حالت میں کنارے پر آ لگتے۔

اس سے پہلے مجھے ایک فلمی رسالے میں گیتا کے بارے میں لکھنے کا اتفاق ہوا۔ گیتا نے مجھ سے کہا — آپ لیکھک ہیں۔ آپ جو جی چاہے، میرے بارے میں لکھیے اور اس سلسلے میں کسی کی پروا نہ کیجیے — میں نے کہا — یہ نہیں ہو سکتا گیتا! پھر میں نے اپنے مبہم طریقے سے اس سے پوچھا، کیا میں اس بڑوانل کے بارے میں لکھ سکتا ہوں؟ جس کا بھید تم نے مجھ پر بھی ظاہر نہیں کیا۔ لیکن تمھارا چہرہ، تمھاری آنکھیں اس کی غمازی کرتے ہیں؟ ... کیا میں وہ سب لکھ دوں؟

گیتا کے ساتھ وید بھی بیٹھے تھے۔ گیتا نے ایکا ایکی مڑ کر میری آنکھوں میں دیکھا اور بول اُٹھی — "نہیں"۔

اس کے بعد گیتا 'رانو' کی شوٹنگ کے لیے اپنا پورا یونٹ لے کر بنگہ، پنجاب چلی گئی۔ جہاں اس نے عام دیہاتی عورتوں کے ساتھ بیٹھ کر کھانا کھایا، انھیں کی طرح کے کپڑے پہنے۔ ویسے ہی جاگتی، ویسے ہی سوتی۔ اور ان سے زندہ رہنے کا وہ فن سیکھا جس کے بعد زندہ رہنے کی حسرت نہیں رہ جاتی۔ ایک تالاب کے کنارے رانو کا گھر تھا، جس میں گیتا رہتی تھی، گانو

کے سب لوگ اسے اسی نام سے پکارتے تھے ۔ اس گھر کے دروازے آج بھی یوں کھلے ہیں جیسے چونک جانے کے بعد کسی کا مُنہ کھل جاتا ہے ۔

گیتا دو برس رانو کے ساتھ سوئی اور اسی کے ساتھ جاگی ۔ وہ اُسے اس کے مصنف سے کہیں زیادہ جاننے لگی تھی ۔ وہ خود رانو ہو گئی تھی ۔ وہ مجھے خط بھی لکھتی تو اس پر رانو ہی کے دستخط ہوتے ۔ پھر وہ بمبئی لوٹ آئی اور ۱۲ر جنوری کی صبح کو گیارہ بج کر دس منٹ پر چل پڑی ۔ یہ سب کتنا تیز تیز ہوا ... پونے گیارہ تک تو میں عیادت کے سلسلے میں اس کے ہاں تھا ۔ گیتا کے سسر پرتھوی راج کپور، اس کے پتی شمی، ڈاکٹر سب نے یقین دلایا کہ اب وہ خطرے سے باہر ہے' ان کے چہروں پر رونق چلی آئی تھی اور رتجگوں کے نقوش مٹنے لگے تھے ۔ باہر آکر میں نے بیوی کی تسلّی کے لیے اسے فون کر دیا ۔

گھر لوٹا تو میری بیوی رو رہی تھی ۔ ایک اور فون آگیا تھا ۔

میں گھر سے اپنی وہ کتاب جو پنجابی میں چھپی ہوئی تھی اور جس پر گیتا کی تصویر تھی اسے ساتھ لیتا گیا ۔ میں چاہتا تھا گیتا کے ساتھ اسے بھی شعلوں کی نذر کر دوں کیونکہ گیتا نے اسے مجھ سے زیادہ جانا تھا ۔ پھر میں نے سوچا ـــ شاید یہ جذباتیت ہوگی ۔ فلم کے لوگ اسے کوئی دکھاوا سمجھیں گے ۔

چتا کے شعلے بلند ہوئے' میری ہمّت پست ہو گئی ۔

میں چپکے سے ساحل کی طرف سٹک گیا اور کتاب سمندر میں پھینک دی ۔ تھوڑی ہی دیر میں وہ لہروں کے ساتھ واپس آنے لگی ۔ گیتا مجھے میری کتاب لوٹانے لگی ۔ میں نے کہا ـــ نہیں گیتا ! یہ تمھاری ہے ۔ اسے

تم ہی فلماؤ گی۔ دوسرا کوئی نہیں۔

— ہو سکتا ہے آج سے پینتیس چالیس برس بعد کسی بڑی بڑی آنکھوں والی اداکارہ کی نظر اس کتاب پر پڑے اور وہ اپنا آپ اس میں دیکھ لے۔ اسے فلمانے کا تہیہ کر لے۔ صرف اسے یہ پتا نہ ہو گا کہ پچھلے جنم میں وہ گیتا تھی۔

☆☆☆

چشمۂ بد دُور

یہ واقعہ بھی سنیچر ہی کے روز ہوا۔

تم کہو گے کہ تمھارے ساتھ سب واقعات سنیچر ہی کو کیوں ہوتے ہیں؟ تو بولو میں کیا جواب دوں۔ یہی کہہ سکتا ہوں نا، کہ ہفتہ کے باقی دِنوں میں تو میں واقعات کو ہوتا ہوں . . . .

بات سیدھی ہے، باقر بھائی، سنیچر کے دن میں سب سے بڑی خوبی یہ ہے کہ اس کے ایک دن پہلے کوئی چھٹی نہیں ہوتی (ہاں، سال میں ایک دن ہوتی ہے۔ البتہ گڈ فرائی ڈے والے دن لیکن چند لوگوں کی بدقسمتی سے بعض اوقات گڈ فرائی ڈے بھی اتوار کو آپڑتا ہے اور ان کی تعطیل ماری جاتی ہے!) لیکن سنیچر کے روز کوئی ایسی قباحت نہیں ہوتی۔ ایسی سکہ بند چھٹی آتی ہے کہ آدمی سب کی چھٹی بُلا کے رکھ دیتا ہے۔ وہ یہ بھی بھول جاتا ہے کہ سنیچر سے ایک دن پہلے اُسے جمعہ کی نماز پڑھنی پڑی تھی۔ نماز تو خیر فرض ہے، اتوار کو بھی لیکن

تم سچ بتاؤ، باقر بھائی، اپنی سلمیٰ کی قسم کھاؤ۔ کیا اتوار کو تمھاری نمازیں قضا نہیں ہوتیں!

یہ سب باتیں تم سے میں اوپن اس لیے کہہ رہا ہوں، کہ تو دہریا ہے، اگرچہ سیدزادہ ہے۔ میں نے سب مذہبوں میں دیکھا ہے کہ جو لوگ بانیِ مذہب کی براہِ راست یا چپ اولاد ہوتے ہیں، وہی مذہب اور اُس کے قوانین کو کم مانتے ہیں۔ ایک دن تم ہی کہہ رہے تھے نا؟ — گئے تھے روزے بخشوانے، اُلٹی نماز گلے پڑی، کہا نہیں تھا تم نے؟ دیکھ — اب جھوٹ مت بول، مت کفر تول...

سنیچر کی صبح کو البتہ کائنات کے نمبر دو (پیسے نہیں) ستارے جسے تم زحل اور ہم ہندو لوگ سنیچر کہتے ہیں، کو تھوڑا رشوت دینی پڑتی ہے، اور بس۔ اور وہ رشوت بھی آج کل کی رشوت کے مقابلے میں کیا ہے؟ اس سے سو گنا زیادہ تو دہلی کے ایکا ایکی کے سفر میں ریلوے کا کنڈکٹر گارڈ لے جاتا ہے۔ پولیس کی تو بات ہی چھوڑ دو۔ تمھارا حادثہ ہوا، چوٹ بھی لگی، گاڑی بھی ٹوٹی اور جب تھانے میں رپٹ دینے کے لیے گئے تو محرر یا ڈیوٹی افسر کیا "سیاں دھیرے سے، سیّاں چپکے سے" کے انداز میں دراز آپ کے سامنے کھول دیتا ہے۔

سنیچر کے دن رشوت صرف اتنی ہے کہ بس مندر جاؤ جس کے بغل میں ایک دُکان ہوگی، ہمیشہ ہوگی، جہاں سے تیل، ناریل، ہار وغیرہ مل جائیں گے۔ وہاں سے سرسوں کے تیل کی ایک پلی خرید و۔ سرسوں کا نہ ملے تو کھوپرے ہی کا چلے گا، جو پچیس ۲۵ پیسے میں مل جائے گا۔ تیل ڈالنے کے لیے لوہے کی کٹوری تیل والا خود ہی دے گا اور اُس کے لیے کوئی الگ دام نہیں لے گا۔ کیوں کہ

مورتی پہ چڑھاوا ہو جانے کے بعد وہ کٹوری اپنے آپ تیل والے کے پاس چلی آئے گی، مع تیل کے۔ اگر تیل والا اور پانڈے جی آپس میں ملے ہوئے ہیں اور پتی رکھے بیٹھے ہیں تو ہمیں اس سے کیا؟ ہم تو انجلی کر چکے ہیں۔ تیل والا شروع ہی میں، جو آپ کو چند بوندیں کم دے گا۔ اسے ہی کٹوری کا کرایہ سمجھو۔ مندر میں ایک دن میں ہزاروں لوگ آتے ہیں تو ایک ایک بوند کرکے کئی بوندیں ہوئیں؟ تم ایک بوند کو کم سمجھتے ہو؟ اگر وہ کم ہوتی تو شیخ سعدی کبھی نہ کہتے۔ اے کہ تو یک قطرۂ آبی...

تو، لوہے کی کٹوری میں تیل، تیل میں چند دانے ماش کے اور ایک پیسا تانبے کا، پہلے تو یہی ہوتا تھا، لیکن آج کل تو تانبا رہا ہے نہ پیسا۔ پیسے کی جگہ پانچ دس پیسے نے لے لی ہے اور تانبے کی جگہ نکل نے، جو کسی نہ کسی طرح سے تمھاری جیب سے نکل ہی آئے گا۔ یہ سب لے کے چلو، کیونکہ دیوتا لوگ بھی موقع شناس اور معاملہ فہم ہو گئے ہیں اور حالات کے ساتھ اڈجسٹ کرنا سیکھ گئے ہیں۔ وہ انھیں بھی گریہ پیشانی سے قبول کریں گے۔

بات یہ ہے، باقر— سنیچر کا تعلق ہر کالی چیز سے ہوتا ہے، جس کا دان واجب ہے۔ مثلاً لوہا، ماش، کالا کپڑا، چھتری، نمبر دو کا پیسا، تمھارا دل، فلم۔ لیکن دان کے سلسلے میں تم لوہے کی کٹوری میں تیل تک ہی رہو۔ بہت وہ نہ اُڑ دو۔ ہاں جو کام پچیس پیسے میں ہو جائے، اُس کے لیے لاکھوں کا کیا سوچنا؟ تیل کی پلی میں اپنا منھ دیکھتے ہوئے منتر کو دہراؤ اور جاتے میں صرف تیل ہی میں دیکھو۔ تمھیں اس میں اپنا چہرہ اپنے باپ کا دکھائی دے گا، جس میں کوئی شرم کی بات نہیں۔ ٹھاکر دوار پہنچو تو جوتا اُتار دو۔ اتار لو میں نے کب کہا ہے! آخر دہریے

ہونا؟ جوتا مندر سے باہر بیٹھی ہوئی عورت کی تحویل میں دے دو۔ یہ بہت ضروری ہے۔ تم عورت کو جانتے ہی ہونا۔ اگر تم جوتا اُس کے ہاتھ میں نہیں دو گے تو وہ خود لے لے گی، جوتے کے بعد مندر میں جاؤ اور باہر کا سب بھول جاؤ۔ مورتی کے سامنے سر نہوڑاؤ تو کسی عورت کا خیال دل میں نہ لاؤ، چاہے وہ اپنی ماں ہی کیوں نہ ہو۔ پھر کوئی جاپ کسی اسمِ اعظم کا ورد کرو۔ اگر یاد نہیں تو نہ سہی۔ کوئی ایسی بات دل میں دہراؤ، جس میں کم سے کم وزن یا ترنم تو ہو۔ ایک بات تمھیں بتادوں کہ سب دیوی دیوتا، پیر پیغمبر گد یعنی نثر کے بہت خلاف ہیں ۔ اس لیے کچھ بھی یاد نہ آئے تو یہی کہتے جاؤ۔ لالہ موسیٰ چھ چھ پیسے، لالہ موسیٰ چھ چھ پیسے . . . . یہ تمھیں ریل گاڑی کی آواز معلوم ہوتی ہے نا؟ ریل گاڑی ہمیشہ وہی کہتی ہے، جو تم کہتے ہو۔ ایسے ہی بھگوان بھی وہی کہتا ہے جو تم کہتے ہو۔ اُس کے کوش یا لغت میں ہر بات کا ایک ہی مطلب ہے ــــ ہمہ اوست . . . لالہ موسیٰ نہیں پڑھ سکتے تو دیوی کی پرکرما ہی کرو۔ وہ سالا ــــ رتن سنگھ کہتا ہے، پرکرما سے میں تھک جاتا ہوں ۔ ابے ــــ بھتیجے، خارپشت کی اولاد، تو جو دن میں بیس چکر اُس رانڈ مالا کے کاٹتا ہے تو کیا تین بھگوان کے گرد نہیں کاٹ سکتا؟

مندر سے باہر آؤ گے تو پہلا بزدان سنیچر کا یہ ملے گا کہ اوپر تمھارے انیگل سے تمھیں جوتی رکھنے والی کے دُودھ دکھائی دیں گے جن میں کوئی دودھ نہیں ہوگا۔ دوسرا یہ کہ چاہے تمھاری جیب میں پیسا بھی نہ ہو، مگر بے شمار بچے تمھیں گھیر لیں گے ــــ اور پکاریں گے، سیٹھ، او سیٹھ . . . بس دنیا میں جس کو عورت اور پیسا مل گئے، اُسے اور

کیا چاہیے؛

معاف کرنا باقر بھیا، میں بات ذرا لمبی اور گھما پھرا کے کرتا ہوں۔ پروموشن رُک جانے سے میرا دماغ گھوم گیا نا۔ تمھارا جب اور جہاں جی چاہے، ٹوک دینا۔ جن تنتر میں آدمی کو یہی تو حق ہے کہ جھوٹ کو وہ چاہے نہ روکے، مگر سچ کو ضرور ٹوکے...

بات میں سیچپر کی کر رہا تھا۔ لیکن فی زمانہ ایک بات اور دوسری میں ربط رکھنا بڑا کٹھن ہو گیا ہے۔ ہمارے سب شاعر اور ادیب اِس کے گواہ ہیں پر وہ بھی کیا کریں۔ منہگائی بھی تو کتنی بڑھ گئی؟ قدروں میں اتھل پتھل ہو گیا۔ ربط تو گیا ہی تھا، ساتھ ضبط بھی گیا۔ معلوم ہوتا ہے، سمے نے ریسرپن کا ٹیکہ لگا دیا اور دماغ کا وہ حصہ ہی ماؤف ہو گیا جو بتاتا ہے کہ پہلے آپ یہ بات کر رہے تھے اور اب یہ کر رہے ہیں۔ انگریزی محاورے میں گفتگو کا تاگہ کچھ یوں ٹوٹتا ہے کہ جڑتا ہی نہیں۔ جوڑ میں تو صاف گانٹھ دکھائی دیتی ہے۔ اب تو زندگی تصوّر کے سائبیریا میں، کسی لیبر کیمپ میں گزارو۔ پھر کھانا پینا۔ اب اس بناسپتی کو کھا کر کوئی کسی بدکار یا سرکار سے کیا لڑے گا، جو بازار میں ملتا ہی نہیں؛ چھوڑو سب ——

یہ چمن یوں ہی رہے گا اور ہزاروں جانور
اپنی اپنی بولیاں سب بول کر اڑ جائیں گے

کیسا رہا شعر؟ میں نے اسے ایک ٹرک کے پیچھے لکھا ہوا پڑھا تھا! دراصل شعر اپنے آپ میں اچھا ہوتا ہے نہ بُرا۔ اُس کا برمحل استعمال ہی اصلی بات ہے۔ یہ گُر میں نے مولانا آزاد کے دیوان ''غبارِ خاطر'' سے سیکھا

ہے، باقر بھیّا!

تم نے اُس دن کہا تھا ناکہ رہنے والے ہو تم کیرل کے، نام ہے تمھارا رامن، پھر اتنی اچھی اُردو تمھیں کیسے آتی ہے؟ بات یہ ہے کہ تعلیم میں نے عثمانیہ میں پائی۔ وہ تو میری ماں کے مرجانے اور آخر باپ کے ڈر جانے سے بند ہو گئی۔ لیکن پارٹی مین ڈیٹ پہ میں نے اُردو اور ایک حد تک فارسی میں خاصی مہارت حاصل کرلی۔ کہیں پورا پڑھ جاتا، باقر میاں، تو میں بھی آج کسی یونیورسٹی کا وائس چانسلر ہوتا اور لڑکے لڑکیوں کا گھیراؤ کرتا۔ اب میں بالکل عوام میں سے ہو کر رہ گیا ہوں، جو مجھے آم کی جمع معلوم ہوتے ہیں یوں مجھے عوامی انداز ہی کے شعر اچھے لگتے ہیں۔ غالب اور میر کی شاعری بالکل پسند نہیں۔ ہاں، کون دماغی کسرت کرے؟

ہے سنگ پر براتِ معاشِ جنونِ عشق

اب تم ہی انصاف کرو کہ اگر ہم ہندستانی آدھی درجن اضافتوں کے متحمل ہو سکتے ہیں تو پھر سرکار کے خلاف ہمیں کیا دہ ہے؟ اور سنو ——

شیون میں شب کے ٹوٹی ہے زنجیرِ میر صاحب بولو ——

میں تو اسے عوامی بنانے اور لطف اٹھانے کے سلسلے میں میر صاحب کی جگہ میم صاحب پڑھ لیتا ہوں۔ اب بتاؤ، میر کے کلام میں معنی پیدا ہوئے یا نہیں؟ عثمانیہ میں جب ہم غالب کا شعر پڑھتے تھے

دہن اُس کا جو نہ معلوم ہوا		کھُل گئی ہیچمدانی میری

تو بہت حیران اور پریشان ہوتے تھے کہ دہن اُس کا نہ معلوم ہوا، پھر اُن کی ہیچمدانی کیوں کھُل گئی؟

تم ہی بتاؤ۔ اچھی بھلی روزمرہ میں فارسی ہیچمدانی کو گھسیٹنا کہاں

کی شاعری ہے؟ ہاں۔ اگر تم دھوتی پہ کوٹ اور نکٹائی پہننا چاہتے ہو تو یہ تمھاری مرضی۔ میں سنیچر کی بات سے ذرا پرے ہٹ گیا ہوں، لیکن آ رہا ہوں، اُسی کی طرف ——— یہ چشمہ میرا دیکھ رہے ہو نا؟ اس میں ڈبل کنویکس کے شیشے لگے ہیں۔ عام آدمی ان میں سے دیکھے تو چیونٹی بھی اسے ہاتھی لگے گی۔ شاید اسی لیے میں روسی کونسلیٹ میں کام کرتا ہوں کیونکہ روسیوں کو ہر چیز اپنے اصل سے سوگنا بڑی معلوم ہوتی ہے۔ عوام، دنیا بھر کے عوام کے لیے انھوں نے بہت کچھ کیا ہے۔ لیکن عوام کی اتنی گردان کی ہے کہ وہ خواص ہو گئے ہیں۔ تم دیکھنا اگلے پچاس برس کے اندر جو انقلاب آئے گا، وہ خواص ہی کا ہو گا۔ جس کی نیو سب انقلابوں کی ماں فرانس میں سارتر اور ساربون کے طلبہ نے رکھ بھی دی ہے . . .

میری یہ باتیں کونسلیٹ میں نہ کہنا اور نہ یہ بتانا کہ میں سنیچر، راہو اور کیتو کی باتیں کرتا ہوں۔ نہیں میری چھٹی ہو جائے گی، دھرم سے۔ رُوسیوں کا یہ ہے نا کہ وہ کہتے نہیں۔ کرتے ہیں!

رُوسی محنتی بہت ہیں۔ اُن کے دفتر میں جو کام کرتا ہے، اُس کے خون کا آخری قطرہ تک نچوڑ لیتے ہیں، یہ جانتے ہوئے بھی کہ ہم ہندستانیوں میں خون ہے ہی نہیں۔ ہے تو اُن کے گروپ کا نہیں۔ شاید اُن کو پتا چل گیا ہے کہ ہر ہندستانی فطرتاً کام چور واقع ہوا ہے۔ اُس کا بس چلے، بے کار میں بیگار ملے تو کبھی کام نہ کرے۔ مغرب میں ہر آدمی کی تمنا کہ وہ زندگی کے آخری سانس تک مصروف رہے۔ لیکن ہندستانی یہی سوچتا رہتا ہے کہ کب وہ ریٹائر ہو گا اور کام کے جھنجھٹ سے چھوٹے گا۔ بات وہ پانچ سال بعد کی کر رہا ہے، لیکن ٹانگیں ابھی سے پسارنا شروع

کر دیتا ہے۔ مجھ سے پوچھو تو میں بتاؤں۔ ہندستانی دراصل کام ملنے سے پہلے ہی ریٹائر ہو چکا ہوتا ہے۔ اس کی وجہ یہاں کی آب و ہوا نہیں، بلکہ اُس کے کرم وعمل کا وہ فلسفہ ہے، جس پہ ضرورت سے زیادہ ہی زور دینے سے وہ بےعمل ہو گیا ہے۔

نہ تھیسس کر بلند اتنا کہ —— ہر تقریر سے پہلے، اینٹی تھیسس تھیس آئے... ایک بات ہے، باقر بھائی، کہ انسان آخر انسان ہے۔ روس اور امریکہ تو کیا، چاہے وہ ہندستان ہی کا کیوں نہ ہو۔ اسٹیک اور شاشلیک کی جگہ اڈلی دوسا، مونگ کی دال، مرغ مسلّم یا کڑاہ پرشاد ہی کیوں نہ کھاتا ہو، مگر زندگی کی ہر اچھی چیز اُسے بھی اچھی لگتی ہے —— سنیچر کو مندر سے لوٹنے کے بعد میں نے انڈین ایکسپریس میں پڑھا کہ 'لٹل ہٹ' ریستوران میں آج مریانا ناچ رہی ہے۔ مریانا ناچتے وقت اپنے بدن پر کہیں صرف انجیر کا پتہ پہنتی ہے۔ ہاں بھائی، لوگ اسے بھی پہننا ہی کہتے ہیں۔ پھر سامنے اپنے دُودھ پہ وہ مسمریزم کے دو نقطے سے پینٹ کر لیتی ہے حالانکہ ہماری عورتیں تو کپاس کا کھیت کا کھیت اپنے بدن پر اُگا لیتی ہیں!

میرے ایک دوست، ارے، تم ہی تو تھے، باقر جس نے بتایا تھا کہ مریانا کا رنگ گورا ہے نہ کالا۔ بس عشق والا ہے۔ اُس کا باپ لبنانی ہے اور ماں عراقی اور یہ سب کچھ مل کر لوگوں کو مراقی بنا دیتا ہے۔ وہ زیتون کے تیل کی مالش سے اپنے بدن کو اتنا لچک دار بنا لیتی ہے کہ معلوم ہوتا ہے، اُوپر کے حصے کا نیچے سے کوئی تعلق ہی نہیں۔ جیسے ہماری ٹرالی بسیں ہوتی ہیں نا جس میں ٹرالی پر ڈرائیور ہوتا ہے اور پیچھے سواریاں اور ان دونوں کا آپس میں کوئی تعلق نہیں ہوتا۔ یہی وجہ ہے کہ وہ اکثر اُلٹ

جاتی ہیں۔ مریانا کو دیکھنے والے بھی تو ایسے ہی اُلٹتے، زخمی ہوتے، مر جاتے ہیں ..... میں نے تمھیں کہا تھا نا کہ عورت کے بارے میں ہر مرد کا ایک فیٹش ___ خبط ہوتا ہے، چنانچہ میرا خبط اُس کی کمر ہے۔ اور تم جانو با قر بھائی، دنیا کے سب فساد عورت کی کمر سے شروع ہوتے ہیں!

تو سنیچر کی ایک شام کو میں نے ولادی میر، اپنے فوری اُوپر کے افسر سے دو گھنٹے کی چھٹی مانگی، لیکن اُس نے اتنے رُباب سے "نیئت" (نہیں) کہا کہ مجھے اس کی نیت پر شک پیدا ہوگیا۔ ایسی قطعیت صرف روسی ہی کے لہجے میں ہو سکتی ہے۔ اُس کے ساتھ والے میز پر ولادی میر دار ناف کا فوری افسر نکولائی کرپاٹکن بیٹھا تھا۔ اب روسی دفتروں میں ایسا ہوتا ہے کہ آپ اپنے فوری افسر کے اوپر کے فوری افسر سے بات نہیں کر سکتے۔ اس لیے میں نے اپنی درخواست کو ولادی میر وار ناف ہی کے سامنے دہرایا، بیوی کی بیماری کا بہانہ بنایا۔ لیکن وہ جواب میں بولا ۔ نہیں، گھنٹہ بھی نہیں۔ مجھے زیادہ بُرا اس لیے نہیں لگا کہ میں جانتا تھا اس کی ہندی میری روسی سے بھی زیادہ کمزور ہے۔ اس لیے گھونٹ کا خون پی کر رہ گیا۔ یعنی کہ چُپ ہوگیا۔ چپ تو ہم پہلے ہی رہتے تھے، مگر اب اور بھی چپ ہو گئے۔ یہ اور بھی چپ، کیا ہوتا ہے۔ یہ تم نہ جان سکو گے، میری جان، کیونکہ تم دفتر کے بیابان میں کبھی کھوئے ہی نہیں..... عام طور پر دفتر سے چھ بجے چھٹی ہو جاتی ہے۔ ابھی پورے دس منٹ باقی تھے کہ میں نے انوانٹیس سیمٹنا شروع کر دیں اور ولادی میر کی طرف اس لیے نہیں دیکھا کہ وہ ضرور میری طرف دیکھ رہا ہوگا۔ میرے دماغ میں مریانا کے بارے میں اپنے آپ ایک نظم چل رہی تھی ۔ مریانا، او مریانا، تیرے لیے آج ۔ مر جانا..... کیسی ہے؟

ارے نہیں باقر بھیا۔ کہاں پشکن اور کہاں میں؟ لیکن یہ تم نے ٹھیک کہا تھا کہ میری نظم پشکن کی ۱۸۳۱ء میں کہی گئی نظم۔ جب تو میری باہنوں میں ہوتی ہے' سے ملتی ہوئی ضرور معلوم دیتی ہے۔ انیسویں صدی کے شروع اور اس کے آخر تک اُردو کا ادیب تو یہی لکھا کرتا تھا۔ جب تو میرے باہنوں میں ہوتا ہے! کچھ بھی ہو، مگر میں قسم کھا کر کہتا ہوں کہ میری یہ نظم ایک دم تباہ زادئی ہے' اس میں کوئی سرقہ نہیں۔ شعر میں اگر تم مجھے جوشؔ سے ملاؤ تو مجھے بُرا نہیں لگے گا البتہ کیونکہ میں بھی آخر اُنھی کے وزن کا تخلص فرماتا ہوں۔ ہوشؔ! جیسے تیسے بھی میں نے وہ دس منٹ گزارے۔ پھر روسی فراخ دل بھی ہوتا ہے، کیا بتاؤں، باقر، دس منٹ کے بعد مجال ہے جو ولادی میر نے ایک نظر بھی میری طرف پھینکی ہو۔ یا نکولائی کرپاکن نے ولادی میر وارناف کی طرف!

کچھ دیر میں میں بس پکڑ کر لٹل ہٹ میں پہنچ گیا۔

لٹل ہٹ۔ دراصل ایک بڑے ہوٹل کا حصہ ہے۔ اس کا نام ہی لٹل ہے، ورنہ اچھی خاصی جگہ ہے اُس میں چیزوں کی وسعت کو آخر پیمانے ہی سے تو نہیں ناپا جاتا۔ ہمارے سامنے اور بھی بہت کچھ ہے۔ دیکھو نا اتنی بڑی کائنات اور پھر اس میں ماں کی گود۔ میکرو کازم میں مائیکرو کازم بمبئی شہر کی رونق بڑی ہے یا سلمٰی کی باہنوں کا سکوت؟ نصیبن کا برقع بڑا ہے یا مریانا کا انجیر کا پتہ؟ اگر مالکوں نے دیواروں کو خاص رنگ کا اثر دے رکھا تھا، یا اُن پہ ایسے ہی تجریدی چہرے ٹانک رکھے تھے تو محض لوگوں کو بھرمانے کے لیے۔ بعض وقت بدصورتی ارادے سے بھی پیدا کرنی چاہیے تاکہ دوسروں کو اپنا آپ خوبصورت لگے۔ آج کا آرٹ یہی سب تو کرتا ہے۔

لٹل ہٹ، ہر عمر، ہر نوع کے لوگوں سے پٹا پڑا تھا۔ اس کی وجہ

صرف مریانا کا ناچ، اُس کے بدن کا لوچ اور خوبصورتی ہی نہیں تھی؛ بلکہ وہ خلا بھی جسے پاٹنے کی خواہش شادی کے تیسرے چوتھے سال ہی مرد اور عورت میں پیدا ہو جاتی ہے۔ اور یا پھر زندگی کی سادہ سی حقیقت کہ کچھ گھوڑے دوڑتے ہی اُس وقت ہیں، جب ساتھ والے دوڑیں۔

کونے میں مجھے ایک سیٹ نظر آئی، جس کے ایک طرف کوئی دُبلا پتلا منحنی سا آدمی بیٹھا تھا۔ وہ شکل سے لائبریرین معلوم ہوتا تھا۔۔ کمال کی بات ہے نا، باقر بھائی، تعارف پر وہ سچ مچ ہی یونائیٹڈ اسٹیٹس انفارمیشن سروس کا اسسٹنٹ لائبریرین نکل آیا۔ تم کہو گے کہ لائبریرین کی کوئی خاص شکل ہوتی ہے؟ تو میں کہوں گا، ہاں۔ اُس کے چہرے ہی پہ کارڈ انڈکس ہوتا ہے۔ جیسے ہر شاعر کی ناک میں تھوڑی رطوبت اور منہ میں زیادہ لعاب ہوتا ہے۔ پھر لائبریرین کی آنکھیں یوں گھومتی ہیں، جیسے صفحے اُلٹ رہی ہوں۔ مریانا کی بات چھوڑو۔ اُس کی کمر تو صفیں اُلٹتی ہے۔۔۔۔

اس اندازے میں کبھی کبھی غلطی بھی ہو جاتی ہے۔ مثلاً ہر امریکن شروع میں بے حد ذہین نظر آتا ہے۔ مگر، جیسے ہی دُم اٹھاؤ، مادہ" والی بات۔ اُسے ڈی سی آٹھ ہوائی جہاز کے سب کل پرزے معلوم ہوں گے، لیکن اپنے غسل خانے کی ٹونٹی، جس کی چوڑیاں گھس گئی ہیں، اُسے کیسے بند کرنا ہے وہ نہیں جان سکتا۔

یہ تم نے دیکھا ہی ہے نا کہ اکثر ملک سے آدمی پہچانا جاتا ہے اور آدمی سے ملک۔ یہ صرف ہندستان ہے، کشمیر سے لے کر راس کماری تک پھیلا ہوا ہندستان۔۔ ہر رنگ، ہر نقش کا مالک، جس کا کچھ پتا نہیں چلتا۔ مگر جیسے ہی وہ منہ کھولتا ہے تو آدمی سر پیٹ لیتا ہے۔ دھت!

یہ تو وہی ہے!

اس اسسٹینٹ لائبریرین نے اپنی انگریزی میں بہت امریکی غنغنہ پیدا کرنے کی کوشش کی۔ لیکن ہندی کہیں نہ کہیں سے اپنا منہ باہر نکال ہی لیتی ہے بلکہ اس عمل میں ایک عجیب دوغلی سی چیز پیدا ہو گئی ہندستانی غنغنہ!

اُس نے جو بش شرٹ پہن رکھی تھی اس پہ نیکس، پلیکس کے نخش جملے چھپے ہوئے تھے، دھندلی سی پو۔نو تصویروں کے اوپر دربھران سب کو ایک بجلی رنگ کی وسیع و عریض نکٹائی نے ایک حد تک چھپا رکھا تھا۔ نیچے بیل بوٹم کے اُس نے جیسے ارادے سے پھونسڑے نکال رکھے تھے۔ چہرے پہ دونوں طرف پشکن کی طرح کے بڑی بڑی قلموں کے گچھے... گویا وہ عام آدمی اور ہپی کے بیچ پیوند معلوم ہوتا تھا۔ وہ... کوئی کتاب ہونے کی بجائے اُس کا سرورق تھا!

یہ تم تھے؟ نہیں نہیں، تمھاری ہی طرح کا کوئی اور تھا، جس نے شادی کرنے کے لیے امریکہ سے ایک لڑکی ہپی فیراگولو (جس کے آباد اجداد اٹلی سے جاکر امریکہ میں آباد ہو گئے تھے) آئی تھی۔ خیر فیرا کو کروفاٹر اور گولو کو مارو گولی، لیکن ایک بات اس نے آج کے ہندستانی نوجوانوں کے بارے میں بڑے پتے کی کہی تھی۔ یہ... امریکنوں سے بھی کچھ زیادہ ہی امریکن ہیں۔ کیا مزے کی عورت تھی، باقر، وادر عورت جو مرد سے ملے بنا ہی اس سے کئی بار مل چکنے کا عالم پیدا کر لیتی تھی۔ آج کی دنیا میں سب سچ ہے، میرے بھائی۔ کل پڑھا نہیں کہ مرغ کو تکلیف دیے بغیر ہی لوگ مرغی سے انڈے پیدا کرنے لگے ہیں... میں پھر بہک گیا اور تم بھی

مجھے نہیں ٹوکتے۔ تم بھی ذہنی طور پر وہ ہو.... وہ.... اب ہنستے کیوں ہو؟ پکڑے گئے نا؟ تم بھی اُس لڑکی کی طرح سے ہو، جس کے غسل خانے کا دروازہ غلطی سے کھلا رہ جاتا ہے۔ جی، غلطی سے!

وہ ہیپی فیراگولو... سیدھے مرغی سے انڈے.... ہم مرد کی جمع، مردودوں کا کیا ہوگا، باقر بھیّا؟

ارے ہاں، میں بھول ہی گیا۔ یہ عورتوں کا سال ہے۔اقوام متحدہ کے مطابق۔ عورتوں کو تم جانتے ہی ہو۔ کیسے وہ اپنی کمزوری کا افسانہ مشہور کردیتی ہیں اور کمزوری کو بھول ہی جاتی ہیں۔ سال ختم ہونے دو اگر عورت سالی نے اسے صدی پہ نہ پھیلا دیا تو مجھے باپ کا نہ کہنا۔

میں مرد شوونسٹ نہیں۔ اگر صدیوں سے مرد نے اسے روندا ہے تو اب وہ اُسے روندے۔ مگر میں نے دیکھا ہے کہ وہ تو چپکے سے سامنے پڑی رہتی ہے، جیسے روندے جانے کی منتظر... خیر وہ اُسے روندے یا یہ اُسے روندے، بات ایک ہی ہے۔ عوام اور خواص کے جدل کی طرح... مگر، غضب خدا کا عورت جو حقّہ بھی نہیں پیتی، حقوق مانگتی ہے!

ضروری بات تو بیچ ہی میں رہ گئی۔ پہلے سنیچر کاندھے پر چڑھ بیٹھا تھا، اب حیف کہ عورت سر پر سوار ہوگئی ہے... ضروری بات یہ ہے کہ وہ اپنا لائبریرین دوست بھی چشمہ لگاتا تھا۔ مجھ میں اور اس میں فرق یہ تھا کہ اس کے چشمے میں ڈبل کان کیو کے شیشے لگے تھے، جیسے میرے میں ڈبل کنو یکس کے۔ عام، صحت مند نظر والا اگر ڈبل کان کیو میں سے دیکھے باقر بھائی، تو اسے ہاتھی بھی چیونٹی دکھائی دے گا۔ جیسے میرے میں سے چیونٹی بھی ہاتھی۔ یہی وجہ ہے کہ امریکنوں کو دنیا کے سب لوگ کیڑے

مکوڑے نظر آتے ہیں۔

میں ویت نام اور مائی لائی کی بات نہیں کرتا، کیونکہ جدید یے مجھ پر وزدیدہ ترقی پسند ہونے کا الزام لگا دیں گے۔ لیکن باقی دنیا ہی کا دیکھو۔ لیبیا اور اسرائیل میں انھوں نے کیا غدر مچایا ہے۔ ملکوں کو کیسے کیسے ہتھیار دے کر لڑوایا اور خود نفع کمایا ہے۔ شاید اس لیے کہ ان ملکوں کے اپنے ہتھیار گندیا متروک ہو چکے ہیں۔ کوریا میں ۸۰ فیصدی جو لیکویا ہے اس کا ذمہ دار کون ہے؟ پھر آیندے یا چِلی کا حشر دیکھا ہی ہے نا تم نے؟ ارے وہ شیخ پہلی دوسرا تھا...

جیسے میں اپنے ڈبل کنونیکس کی وجہ سے روسی کونسلیٹ میں ہوں، وہ ڈبل کان کیو کی وجہ سے امریکی انفارمیشن سروس میں تھا۔ لیکن قدرت بھی ہم ہندستانیوں سے عجیب عجیب طرح سے بدلے لیتی ہے۔ اُس نے اچھی بھلی اسکاچ چھوڑ کر کنیڈا کی سی گرام کا آرڈر دے دیا، صرف اس لیے کہ وہ امریکا کا پڑوسی ہے۔ میں روسی، ڈرنے والا تھوڑے ہی تھا! میں نے بھی وودکا کی حکم کے طریقے سے فرمائش کی، جیسے روسی کرتے ہیں۔ یہ جانتے ہوئے بھی کہ وہ وودکا روس کی نہیں، یہیں آس پاس کہیں کیرالہ میں کشید کی ہوئی ہے، جس کی وجہ سے ہم دونوں میں کشیدگی پیدا ہونے لگی۔ ابھی ہمارے احساسات نے کوئی واضح شکل اختیار ہی نہیں کی تھی کہ بیچ میدان کے کود کے آگئی ـــــ مریانا!

گوانی آرکسٹرا میں سے جھ نجھے والے نے زور زور سے جھانجے بجائے۔ پردے کے پیچھے سے بڑے کھرج والی پال رابسنی آواز آئی ـــــ مر... یا... نے... ا

مجھے نہیں معلوم تھا کہ مریانا کو مریانے بھی کہہ سکتے ہیں، یا کہتے ہیں۔ میرے اندر جو نظم پیدا ہو رہی تھی، ایکا ایکی بدنظمی کا شکار ہو گئی۔ سب قافیے غلط ہو گئے میرے۔ ہوش اُڑ گئے!

پھر گوانی آرکسٹرا — اور مریانا کا ناچ۔

چھک چھک۔ چھکا چھک

دھک دھک، دھکا دھک... ہے اے اے اے اے ے ے ے ے! — اور کمر!

یہ سب نیگرو۔ واسپیری چوال تھا اور نہ ہپی ہر یسینی میوزک۔ کوئی دوغلی چیز تھی جواب ہندستانی کے بجائے افریقی طنطنہ ہو گئی تھی۔ اصلی چھٹی تو ہوئی، جب مریانے نے کمر، ناف سے آواز نکال کر گانا شروع کیا — تم میرے لیے کیا لائے ہو؟

آرگل کی جُرابیں لائے ہو — اچھا کیا، اچھا کیا۔

تم میرے لیے کیا لائے ہو؟

موزنبیقی موتیوں کی مالا لائے ہو — اچھا کیا، اچھا کیا

موں مارتہ کا عطر لائے ہو — اچھا کیا، اچھا کیا

میں تو تمھارے لیے کچھ نہیں لائی، جان!.... میرے پاس تو ایک دل ہے، جو صرف تمھارے لیے ہی دھڑکتا ہے... اور پھر — اچھا کیا، اچھا کیا...

ارے باقر میاں، مرد بڑا اُلّو کا پٹھا ہے.... وہ جانتا بھی ہے کہ ہال میں اس ایسے سینکڑوں دوسرے — تیسے بھی ہیں، لیکن اس کے باوجود وہ یہی سمجھتا ہے اور سمجھنا چاہتا ہے کہ وہ جو بھی کہہ رہی ہے،

مجھی سے کہہ رہی ہے۔ لٹل ہٹ، میں لڑکیاں بھی تھیں، مگران کا مت پوچھو۔ وہ یا تو مریانا کی نظروں سے مردوں کو دیکھ رہی ہوں گی اور یا پھر سیدھے اُس کے د لباس، کو حقیقت با قر بھائی جلیبی کی طرح سے سیدھی ہے ۔ مرد سب سے زیادہ کیا پسند کرتا ہے؟ ۔ عورت! عورت سب سے زیادہ کیا پسند کرتی ہے ۔ شاپنگ!

اس سلسلے میں تم تیار رہو، باقر، چونکہ یہ عورتوں کا سال ہے ہمارا تمھارا سب کچھ بک جانے والا ہے۔ ڈیمانڈ اتنا بڑھ جائے گا کہ سپلائی بند ہو جائے گی!

ایک بات اور بھی ہے۔ آزاد ہو کر شاید یہ عورتیں ہماری عزت کرنے لگیں۔ ہم عورتوں کی جتنی عزت کرتے ہیں، یہ خود عورتیں بھی نہیں جانتیں.... تم ہی بتاؤ ہم نے کبھی کسی کو باپ بھائی کی گالی دی ہے؟

کیا بتاؤں، دوست؟ مریانا کے ناچ گانے سے 'لٹل ہٹ' کے رجنی گندھا اور ٹڑا اھلیا تو ایک طرف کیکٹس بھی مہکنے لگے تھے... دیکھو! اب تم شرارت مت کرو۔ خدا گواہ ہے کہ کیکٹس کے سلسلے میں میرا اشارہ قطعاً سردارجی لوگوں کی طرف نہیں ہے۔ ایسا کرو گے تو مجھے پٹوا دو گے، مروا دو گے،... اگر میں ان کی بات کرتا تو کہتا کیکٹس بھی لہکنے لگے تھے، چہکنے لگے تھے۔ بہت دہ کرتا تو کہتا ــــ بہکنے لگے تھے۔ مہکنے کا سوال ہی کہاں پیدا ہوتا ہے؟!

کچھ دیر بعد مریانا اپنا لباس، ـــ انجیر کا پتّا بدلنے کے لیے اندر چلی گئی تھی اور میں ہوش میں آنے کے بجائے جوش میں آچکا

تھا۔ قافیے میرے سامنے یوں کھل گئے جیسے میرا ذہن نوراللغات ہے۔ لیکن بدقسمتی سے میرا اُس اسسٹینٹ بلکہ اسٹنٹ لائبریرین سے جھگڑا ہو گیا۔ بات یوں ہوئی کہ میں پہاڑی کی دُھن پر دھیرے دھیرے گانے لگا۔ پھر دماغ ہی تو ہے نا۔ میرا خیال اُس عظیم مغنّی سہگل کی طرف چلا گیا اور میں نے اُس کارڈ انڈکس سے پوچھا۔ آپ کو یاد ہے، سہگل کب مرا تھا؟ جانتے ہو کیا جواب دیا اُس نے؟ بولا۔ ابھی ابھی، میرے سامنے ہی تو مرا ہے.... میری سینس آف ہیومر کو تو تم جانتے ہی ہو، کتنی تیز ہے۔ روسیوں کی طرح سے۔ میں اُسی وقت سمجھ گیا!

یہ امریکی سالے۔ واٹر گیٹ والے۔ اپنا اسلحہ دوسرے ملکوں میں بھیج کر انھیں لڑواتے ہیں۔ خود منافع کھاتے ہیں۔ ہم روسی بھی بھیجتے ہیں، لیکن اُن کے ہتھیاروں کو بے کار کرنے، دنیا میں امن لانے کے لیے۔ میں نے سوچا کیوں نہ میں اُن کے ہتھیار انھی پہ استعمال کروں۔ مجھے امریکی مارک ٹوئین یاد آ گیا۔ میں نے خالص روسی دبدبے سے اپنے مزاج کی حس کو تھوڑا ڈل کر کے اُس سے پوچھا۔ آپ جانتے ہیں، ایک لائبریرین اور گدھے میں کیا فرق ہے؟ ہو سکتا تھا، اس آناً فاناً کے سوال سے سیدھے ہی لڑائی شروع ہو جاتی، لیکن وہ میرے تن و توش، تخلص ہوشس، روسی جوش کو دیکھ کر تھوڑا ڈر گیا اور ل۔لکنت سے بولا مجھے نہیں معلوم!

میں نے کہا مجھے بھی نہیں معلوم....

اور اپنے اس لطیفے پہ میں خود ہی اتنا ہنسا کہ آس پاس کے لوگ بھی ہنسنے لگے۔ وہ مقولہ ٹھیک ہی تو ہے کہ ہنسو تو دنیا تمھارے ساتھ ہنسے

گی، روؤ تو — پھر بھی وہ ہنسے گی!

چونکہ اس کو پتا چل چکا تھا کہ میں روسی کونسلیٹ میں کام کرتا ہوں اس لیے اس نے سیدھے ہی روسیوں کی بُرائی شروع کر دی۔ مجھے بڑا تاؤ آیا۔ باقر بھائی... کوئی تمھاری تائی کو بھی گالی دے، یہ جانتے ہوئے کہ تم میرے جگری دوست ہو تو بتاؤ وہ گالی تمھیں لگے گی یا مجھے!

میں نے چشمہ اتار کر میز پر پٹخ دیا اور سی آئی اے کو گالی دی۔

وہ کے جی بی کو بیچ میں لے آیا اور میرے چشمے کا جواب اپنے چشمے سے دیا۔

میں نے خالص پرولتاری انداز سے جوتا اُتار کر میز پر مارا، جیسے خرشچوف نے اقوام متحدہ کے جلسے میں مارا تھا۔ اس سے دونوں چشمے میز پر یوں اُچھلے جیسے وہ مُرغ ہیں اور آپس میں لڑ رہے ہیں...

میں نے روزن برگ کے مار دیے جانے کی بات کی۔ میرا بس چلتا تو فیض کی نظم اُس کے منہ پہ دے مارتا... وہ سالا سکھاروف اور سولہشنِسن پہ چلا آیا اور اُس کی گلاگ آرکی پیلیگو سے حوالے دینے لگا... اُس موٹے تازے کتے کی بات کرنے لگا جو فرانس میں اس لیے چلا آیا تھا کہ اُس کے اپنے ملک میں روس میں کھانے کو تو بہت دیتے ہیں، مگر بھونکنے نہیں دیتے۔

میں نے اسٹوروں کی خلیج کا قصہ چھیڑ دیا (سنا ہے خاص نام کا ترجمہ نہیں کرتے)، اُس نے چیکوسلواکیہ سے زنا بالجبر کی بات کی (تو کیا عام کا ترجمہ کرتے ہیں؟)، میں نے مافیا، کارٹل، پورنو، بلو فلموں — سب کو بیچ میں گھسیٹ لیا اور خوب ہی اس کی بے عزتی کی۔

اب ہماری آوازیں اونچی ہوکر ارد گرد کی سب آوازوں کو بونا کیے دے رہی تھیں ارے ارے۔ اے یو، لِسن!... سب بے کار ہوگیا تھا...... یہ کیا مچھلی منڈی ہے؟.... ایسے میں یہ سوال ہی پیدا نہ ہوتا تھا کہ برابر کی میز پہ بیٹھی ہوئی لڑکی اپنی جملہ محبت کو ہونٹوں تک لائے اور پوچھ سکے۔کب ملوگے، جان، کہاں ملوگے؟

معلوم ہورہا تھا کہ ہماری وجہ سے وہ کبھی کہیں بھی نہیں مل سکتے۔

"تم بات کرتے ہو یینکی" میں نے چلّا کر کہا۔ جس کی تہذیب ہی جمعہ جمعہ چار سو سال پُرانی ہے۔ جو کبھی مہیش یوگی کا سہارا لیتا ہے اور کبھی پربھوپاد کی دُم سونگھتا ہے... ہرے رام، ہرے کرشن کے بچّے!"

"تو کیو مِس کے نطفے...."

اور ہم دونوں بیک وقت اُٹھ کھڑے ہوئے اور گرج گرج کر باتیں کرنے لگے "تم ہندستانی جاہل ہوتے ہو، بدتمیز ہوتے ہو" اُس نے کہا۔ دروازہ کھٹکھٹائے بغیر تو کمرے میں چلے آتے ہو"

میں نے اسی پایدار آواز میں کہا، ہندستانی تو ہوگا تیرا باپ۔ تو جب اس دنیا میں آیا، کونسا دروازہ کھٹکھٹایا۔ اب تک ہم دونوں مکمل طور پر روسی اور امریکن ہو چکے تھے۔ معلوم ہوتا تھا کہیں ہاٹ لائن پر سے آواز آرہی ہے۔ روکو، روکو۔ لیکن ہم دونوں اس بات کے لیے تیار تھے کہ بٹن دبائیں اور دونوں ملکوں کے آئی سی بی ایم چھوڑ کر نیویارک اور ماسکو کو تہ تباہ کردیں۔ اسلام آباد اور دہلی کا پھر دیکھا جائے گا..

پہلے میز اُلٹی، پھر کرسیاں گریں۔ اُن کے بیچ میں سے ہوتا ہوا لٹل ہٹ کا منیجر ہم تک پہنچنے کی کوشش کررہا تھا۔ عورتوں کے سال والی ایک عورت بے ہوش ہوگئی، سالی۔ کچھ لوگ موقع کا فائدہ اٹھاکر

باہر بھاگ گئے اور بل ادا کرنے کے عذاب سے چھوٹے۔ یہی نہیں کچھ لوگ دہشت کے عالم میں اندر گھس آئے۔ مریانا ونگ میں آدھی اندر، آدھی باہر دکھائی دے رہی تھی۔ چشموں کی غیر موجودگی میں صرف اتنا ہی دکھائی دے رہا تھا کہ وہ کالا گاؤن پہنے ہوئے ہے۔ اس سالے اسسٹنٹ نے مجھے ٹائی سے پکڑ رکھا تھا مگر اس کے ہاتھ صاف کانپتے ہوئے دکھائی دے رہے تھے۔ میں نے اُس کی بش شرٹ کے کالر کو اتنے زور سے مروڑا کہ اُس کا گلا گھُٹ گیا۔ اُس کی آنکھیں باہر چلی آئی تھیں۔ باہر تو زبان بھی چلی آئی تھی، مگر تھوڑی سی .....

اب جس زبان سے وہ گالی دے رہا تھا، وہ کسی ملک کی نہ تھی۔ یہ وہی آواز تھی، جو زبان کی ایجاد سے صدیوں پہلے انسان غاروں میں بولا کرتا تھا.... یا ہو سکتا ہے وہ کوئی فری میسنری ہو کوئی اسپرانٹو۔ نہیں، اب مجھے یاد آتا ہے وہ۔ کُوکُو کُوکُو کلاں تھی!

پھر ہندستانی فلم کی طرح سے جانے کہاں سے گلدان اس کے ہاتھ میں آگیا اور اُس نے میرے سر پہ دے مارا۔ اگر ہمارے فلم ساز امریکی فلموں کی نقل نہ کرتے تو وہ کبھی ایسا نہ کرتا۔ میں چکرا گیا۔ جبھی ایک چیخ سی آئی، "گیٹ آؤٹ، دل یُو وووو....." اور ہال کے ایک طرف کی بتیاں بجھ گئیں۔ اسپاٹ لائٹ ہمیں پر تھی، جیسے کہ تھیٹر میں مرکزی کرداروں پر ہوتی ہے۔

"دیکھا نہیں،" اُس نے پاس آتے، پورا بازو باہر کے دروازے کی طرف پھیلاتے ہوئے کہا "رائٹس آف ایڈمیشن ریزروڈ"۔ پاس کے کسی ستم ظریف نے اُس تحریر کی طرف دیکھا جو دروازے کے باہر

لکھی ہوئی تھی اور اس طرف سے اُلٹی پڑھی جا رہی تھی۔ اُسے پہلے حرف ڈی دکھائی دیا ریزروڈ کا اور وہ بولا — ڈی فار ڈیول، ای فار ایول .... لیکن منیجر کڑکا ــ "آپ باہر نکلتے ہیں یا میں پولیس کو بلواؤں!"

اب سچی بات ہے، باقر بھائی، روسی ہونے کے باوجود میں تھوڑا ڈر گیا۔ ہاں اس جانبداری سے مجھے لینن پرائز تو کیا نہرو ایوارڈ بھی نہیں ملنے والا تھا۔ پولیس کی دھمکی دیتے ہی منیجر بیَروں کی مدد سے خود ہی پولیس ہو گیا۔ ہم نے میز کے نیچے ہاتھ مار کر چشمے ٹوٹے، اُٹھائے اور لڑتے بھڑتے باہر کی طرف لڑھکے، وہ امریکی مجھ سے پہلے نکل گیا تھا، ورنہ میں تو اُس کے ساتویں بیڑے کا بحیرۂ عرب بحر الہند تک پیچھا کرتا۔ حالانکہ ہال کی بجھی ہوئی بتیوں کے بحیرۂ اسود سے یہ سب کتنا بڑا فاصلہ تھا!

نیلی ہٹ کے باہر آیا تو کوئی دھندلی سی سفید چیز جیسے اُڑتی ہوئی دکھائی دی۔ غالباً وہ اُس امریکی بلّے کی گاڑی ہو گی۔ میں نے صرف آواز سنی۔ "جلدی، شوفر، جلدی...!"

اپنے سسٹم سے بدلہ نہ نکال سکنے کی وجہ سے میں ابھی تک ہانپ رہا تھا جی چاہ رہا تھا، ایسے ہی مجھ سے کوئی تکرار شروع کر دے تو میں اُسے بتاؤں، جیسے اندر کی جارحیت کو خارج کرنے کے لیے لوگ ریت کی بوریاں ٹانگ کر اُس پہ مُکّے مارتے ہیں۔ خواب میں بھیڑیے کے منہ میں ہاتھ ڈال کر اُسے پھاڑ کر ٹکڑے کر دیتے ہیں۔ ایسے ہی میں... مگر کوئی ماں کا لال سامنے نہ آیا اور میں اندازے سے بس اسٹینڈ کی طرف مُڑا۔ چشمہ لگایا تو سامنے ایک چابی لگی، کھلونا بس مجھے اسٹینڈ کی طرف آتی ہوئی دکھائی دی.... ارے!

باقر بھائی . . . ہمارے چشمے بدل گئے تھے۔ اس جھگڑے فضیحتے میں وہ میرا چشمہ لے گیا تھا اور اس کا میرے ہاتھ میں آگیا۔ فریم قریب قریب ایک ہی سے تھے یا ہمیں ایسے لگ رہے تھے۔

اُس وقت گیارہ بجے تھے رات کے، جو میں نے یونی ورسٹی کے گھڑیال میں کانوں سے دیکھے اور آنکھوں سے سُنے . . . .

میرا پہلا تجربہ بس کا تھا۔ اُس چشمے کے ساتھ۔

کچھ بھی نہ دکھائی دینے سے کچھ دکھائی دینا تو اچھا ہی تھا۔ چنانچہ میں نے وہ چشمہ پہنے رکھا، لیکن جب میں بس میں بیٹھنے کے لیے آگے بڑھا تو یوں لگا جیسے اتنے تنگ دروازے سے میں اندر کیسے جاؤں گا؟ لیکن اپنے بدن کو سکیڑ کر میں نے ڈیک پر قدم رکھا ہی تھا تو دیکھا کہ کوئی بچہ بس پر چڑھنے کی کوشش کر رہا ہے، چنانچہ میں نے اپنا پانو پیچھے ہٹا لیا۔ ایسے ہی بچے نے بھی کیا۔ شاید وہ میری بزرگی کا احترام کر رہا تھا۔ میں نے پھر قدم بڑھایا تو اس بچے نے بھی ساتھ بڑھا دیا اور میں نے پھر کھینچ لیا۔ جبھی بس کنڈکٹر کی آواز آئی۔ "صاحب، دارو پیے لا کیا؟" . . . اور اُس نے میرا بازو پکڑ کر مجھے بس کے اندر گھسیٹ لیا اور سیٹ پر جا بٹھایا۔ جب مجھے پتا چلا کہ وہ پانو بچے کا نہیں، میرا اپنا ہی تھا!

بس کنڈکٹر کی آواز آئی۔" دیکو . . کوئی لفڑا نہیں کرنے کا آں؟" وہ اب تک مجھے پیے ہوئے سمجھتا تھا۔ میں نے کہا "میں نے پی نہیں کنڈکٹر، تھوڑی سی پی ہے۔ مگر میری نظر کمزور ہے۔"

"تو پر چشمہ کاہے کو رکھا؟" وہ بولا۔

اب میں کہاں اتنی لمبی راون کہانی دُہراتا۔ میں نے صرف اتنا کہا۔ ”ورلی ناکا آجائے تو مجھے اتار دینا۔ ۔ ۔ ۔“

”ہو“ اُس نے کہا۔ پیسے لیے، ٹکٹ دیا اور دوسری سواریوں کی طرف متوجہ ہو گیا۔

سیٹ پر بیٹھتے ہی میں نے اپنا چشمہ اُتار لیا۔ دیکھو، میں پھر اُسے اپنا ہی کہے جا رہا ہوں۔ عادت نہیں چھوٹتی نا، اس کے بغیر جیسے مجھے ہمیشہ لگتا تھا، آج بھی ویسے ہی لگا کہ بس کھڑی ہے اور سڑک کی روشنیاں اپنے گرد بے شمار کرنیں اور ہالے لیے نصف دائرے میں گھوم رہی ہیں۔ اور بڑے بڑے دھبے، نیلے پیلے، اُودے کالے، جو نظر آتے ہیں، نئی اور پُرانی بلڈنگیں ہیں۔

پھر اضطرار، محض اضطرار کی وجہ سے میں نے پھر چشمہ پہن لیا۔ میرے ساتھ کی سیٹ پر ایک بڑی پیاری دُلاری سی بچّی بیٹھی ہوئی تھی جب مجھ میں پیار اُمڈتا ہے نا، با قر بھائی، تو میں اُس کی باڑھ کو روک ہی نہیں سکتا۔ میں ہم آغوشی بھی ریچھ کی طرح سے کرتا ہوں۔ ۔ ۔ میں کسی روسی سے کم ہوں ؟ ۔ ۔ ۔

میں اُس بچّی کے گالوں پر چٹکی لینے ہی والا تھا کہ فوراً مجھے کچھ یاد آ گیا اور میں نے اپنا اُمڈا ہوا پیار، اپنا ہاتھ کھینچ لیا۔ ٹھیک ہی کیا میں نے، کیونکہ اگلے اسٹاپ پہ جب بس رُکی اور بچّی اُترنے کے لیے اُٹھی تو میں نے اپنا چشمہ اتار کر دیکھا۔ جو خاکہ میرے پاس سے گزرا وہ ایک جوان بھرپور عورت کا تھا۔ اُس کا سامنا! معلوم ہوتا تھا جیسے اپنے آپ سے ایک فٹ آگے چل رہا ہے۔ میں اپنی اضطراری عقل سے بچا،

باقر بھائی، نہیں تو اس رات میں پٹ گیا تھا۔

مزے سے بیٹھا میں یاد کے منہ میں اُس حوبانی کو پپول ہی رہا تھا کہ بس کنڈکٹر کی آواز آئی — "ارے ارے... مشٹیک ہو گیا، سالا" وہ کہہ رہا تھا..." ورلی ناکا تو تین اسٹاپ اُدھر رہ گیا۔ اب ہم پربھادیوی کے بیچ ہوتا"

"کنڈکٹر"؟ میں غصے سے اتنا ہی کہہ سکا۔

" اُترو، اُترو .... لوکر.. وہ بولا وہ سامنے اسٹاپ ہوتا الٹا بس کا۔ چیکر آ گیا تو جیاستی پیسا دینے کو پڑیں گا..."

جیسے کنڈکٹر نے میرا ہاتھ پکڑ کر بس پہ بٹھایا تھا، ایسے ہی پکڑ کر نکال بھی دیا۔ بس چل دینے کے بعد مجھے گالی یاد آئی۔ ایسا ہوتا ہے نا باقر بھائی؟

میں گھر کیسے پہنچا، یہ میں ہی جانتا ہوں۔ اپنے گھر کے بجائے دوسرے گھر میں غلطی سے گھس جانے کی جو خوشی ہوتی ہے، مجھے تو وہ بھی نہ ہوئی۔ گھر پہنچ کر پانو کو آنکھیں بنا کر سیڑھیاں چڑھا۔ جس دروازے کو میں اپنا سمجھا تھا، وہ اپنا ہی نکل آیا۔ اندر داخل ہوتے ہی میں سیدھے کرسی پہ جا بیٹھا۔ تم تو جانتے ہو اندھے کو بھی اپنے گھر کے سب موڑ توڑ کا پتا ہوتا ہے۔ بیوی کو بات بتائی تو اُس نے اس امریکن کو بہت گالیاں دیں۔ لیکن مجھے یوں لگا جیسے تصور میں اسے پھولوں کی چھڑی سے مار رہی ہے، کیونکہ عورت کی گالی میں وہ بات کہاں ہوتی ہے جو مرد کی گالی میں ہوتی ہے۔

اُس رات اور تو کچھ نہیں ہوا، باقر بھائی۔ میں نے عادت سے

مجبور پھر چشمہ آنکھ پر رکھ لیا۔ جیسے ہی مُڑ کے دیکھا تو ایک بڑی پیاری دُلاری سی گُڑیا عورت باہر جاتے اندر آتے دکھائی دی۔ ہے بھگوان! وہ میری ہی بیوی تھی؛ تم تو جانتے ہو نا، باقر بھائی، للتا ایک عام روسی عورت کی طرح سے موٹی تازی ہے، اس کی کمر کمرہ ہے لیکن اب.... یہ سالے امریکی کیا پلک جھپکتے میں ستر ملی میٹر سے آٹھ ملی میٹر کا پرنٹ بنا لیتے ہیں! میں نے بانہہ پسار کر اسے اپنے بازوؤں میں لے لیا۔ جانے کب سے پیار کے لیے ترسی ہوئی، اس نے ذرا بھی مزاحمت نہیں کی۔ وہ مزاحمت بھی، جو عورتیں بہت دیر تک پیار نہ کیے جانے کے غصے میں کرتی ہیں۔ شاید اُس نے سوچا کہ انکار کیا تو یہ موقع بھی ہاتھ سے جاتا رہے گا۔ یہی نہیں۔ الٹا شاید عورتوں کا سال منانے کے سلسلے میں اُس نے مجھے اپنی بانہوں میں لے لیا اور دھیرے دھیرے.... اُسے معلوم ہونے لگا کہ کوئی چیز اُس کے پیار کے راستے میں آرہی ہے اور جلدی ہی اُسے پتا چل گیا۔ وہ بولی ''تم چشمہ کیوں نہیں اُتارتے؟'' میں نے ایک دم اُس کے بڑھتے ہوئے ہاتھ کو جھٹک دیا ''خبردار!''

اتوار کے دن ساؤتھ بمبئی بند ہوتا ہے، مگر نارتھ۔ داور، باندرہ کا علاقہ کھُلا رہتا ہے۔ آدمی چاہے تو ارجنٹ آرڈر دے کر دوسرا چشمہ بنوا سکتا ہے، لیکن انسان کو اتنی سادہ سی حقیقت بھی کون سمجھائے کہ چشمے تک پہنچنے کے لیے بھی تو چشمہ چاہیے، یا سورداس کے آشرم کا کوئی کرمچاری۔ اور پھر کون اتنے خرچ کا متحمل ہو؟ ہمیں ڈالروں کے حساب سے تنخواہ تھوڑے ملتی ہے؟

میرا اتوار جیسے گزرا، اُس سے تو شکر، جمعہ ہی ہزار درجے اچھا تھا۔ ۔۔ وہی تمھاری بات کہ گئے تھے روزے بخشوانے، اُلٹی نماز گلے پڑی۔ اور پھر آپ سے دہرے، سنیچر اور اُس کے کوپ کو بھی نہیں مانتے۔ کوئی مانے بھی تو اُس کا کیریکٹر شیٹ خراب کر دیتے ہیں، جس سے ترقی رُک جاتی ہے . . . .

آدھا دن تو میرا یہی بات سوچنے میں گزر گیا کہ اُس کار ڈ انڈکس کا دن کیسے گزرا ہوگا؟ انڈکس کی نوب ڈھونڈنے کے لیے بھی تو چشمے کی ضرورت پڑتی ہے۔ اور اگر وہ نوب اُسے ہڈسن کار کا ڈھیل معلوم ہونے لگے تو وہ اپنا ہاتھ کھینچ لے گا۔ جانے اسے کیا ہوا اور کیا ہو رہا ہوگا؟ ہو سکتا ہے کہ اُس کے پاس سپیئر چشمہ ہو، کیونکہ وہ امیر آدمی ہے۔ مگر اگلے روز پتا چلا کہ اُس کے پاس اسپیئر تھا لیکن چند ہی دن پہلے اُس ہاتھی کے انڈے نے اپنا ہی پانو اپنے اسپیئر پہ رکھ دیا اور وہ کرنچ ہو گیا۔

دوسرا وہ بنوا نہ سکتا تھا، کیونکہ اُس کا آپٹیشین بھی ساؤتھ بمبئی ہی میں تھا۔ اُس نے یہ بھی بتایا کہ غلطی کا پتا چلتے ہی وہ لٹل ہٹ، پہ لوٹ کے آیا کہ شاید مجھے میری غلطی کا پتا چل چکا ہو۔ اگر دو غلطیاں مل کر ایک ٹھیک نہیں ہو سکتیں تو ایک غلطی دوسرے کے ساتھ تبادلے میں تو ٹھیک ہو سکتی ہے میں نے تو خیر اس لیے بھی پرواہ نہ کی، کیونکہ اس چشمے میں مجھے اپنی غلطی بہت چھوٹی معلوم ہو رہی تھی اور میں چاہتا تھا اسے پتا چلے کہ اُس کی غلطی کتنی بڑی ہے!

سنیچر سے منّت کر کے مبادا کے انداز میں اُس نے لٹل ہٹ میں جھانکا، وہاں سب کچھ عظیم الشان تھا، لیکن میں نہیں تھا۔ اگر میں ہوتا تو اسے انسان کی انا کی طرح سے جن دکھائی دیتا اور وہ بے ہوش ہو کر گر جاتا۔

لٹل ہٹ میں سے مریانا کی آواز، صرف آواز آ رہی تھی۔ معلوم ہوتا تھا، جیسے وہ گا رہی ہے —

تم میرا چشمہ لے آؤ ہو، اچھا کیا، اچھا کیا.....

اندر اُس کارڈ انڈکس، اس کمپیوٹر کو کچھ گلابی، کچھ گہرے دھبّے سے دکھائی دیے اور پھر ایک کالا دھبّا جو مسلسل ہل رہا تھا۔ اُس نے بھی اضطرار میں چشمہ لگایا تو ایک دم الٹا بھاگ نکلا، کیونکہ وہاں لٹل ہٹ، میں وہ کوئی بھینس لے آئے تھے اور وہ ناچ بھی رہی تھی!

تھی وہ مریانا.... میرے چشمے کا مہربانا!

اپنے خوف، اپنی جھلاہٹ میں اسی مبادا کے انداز میں وہ اپنے آپٹیشین کاپڑیا کی دُکان کے سامنے سے بھی گزر گیا کہ شاید دُکان کی چنک میں سے کوئی روشنی کی کرن نظر آجائے۔ لیکن کاپڑیا کی دُکان اور بھی بند دکھائی دے رہی تھی ایک تو اس لیے کہ وہ واقعی بند تھی، دوسرے اس لیے کہ وہ اُسے دکھائی نہ دے رہی تھی۔ اور جب اُس نے میرے چشمے کو پہن کر دیکھا.....

اس مسلسل حماقت سے اسے یوں لگا کہ وہ ایسا گلی ور ہے جو جنّات کے ملک میں پہنچ گیا ہے۔ جہاں سب لوگ مل کر اس کی طرف بڑھ رہے ہیں۔ ڈرا سہما ہوا وہ امریکی ہندستانی گھر پہنچا۔ شوفر اور گاڑی کی وجہ سے گھر پہنچنے میں اسے کوئی زیادہ دقت نہ ہوئی، ہوئی بھی تو صرف اتنی کہ وی ٹی کا اسٹیشن، کارپوریشن کی عمارت سب پومپیائی کے زلزلے میں اُسے اپنے آپ پر گرتا ہوا معلوم ہو رہا تھا۔ گھر کے بلند شہری دروازے کے اندر پہنچ کر جب اُس نے سیڑھی پر قدم رکھا تو لڑکھڑا کر گرا کیونکہ جسے وہ تیسری

سیڑھی سمجھا تھا، وہ ابھی پہلی ہی تھی۔ اُسے چوٹ بھی آئی مگر کوئی زیادہ نہیں۔
گھر کے اندر پہنچا تو اُسے ایک گدھا چھلانگیں مارتا ہوا دکھائی دیا۔ اُسے بہت تاؤ آیا۔ کیونکہ وہ سمجھ ہی نہ سکا کہ گدھا بھی پالتو جانوروں میں سے ہوسکتا ہے۔ آخر اُس کی بیٹی جولی آئی اور اُس نے بتایا کہ بیک یارڈ میں جو دھوبی رہتے ہیں نا، پیٹا۔ انھوں نے مجھے خرگوش دیا ہے!
میں نے تو اُس رات بیوی سے پیار کیا تھا نا باقر بھائی، لیکن اُس کارڈ انڈکس اور کمپیوٹر کی اپنی بیوی سے لڑائی ہوگئی۔ اِس لیے کہ بیوی اُسے اپنی طرف آتا ہوا جنیتا ٹینک دکھائی دینے لگی تھی۔ اور جب اُس سے بچنے کے لیے اُس نے دروازے سے باہر نکلنے کی کوشش کی تو اس کا سر پھٹ گیا، کیونکہ جسے اُس نے دروازہ سمجھا وہ دراصل کھڑکی تھی!
سوموار کی صبح جب میں نو ساڑھے نو بجے۔ اپنے اندازے کے مطابق لٹل ہٹ کے باہر پہنچا تو وہ چوہا میرا انتظار کر رہا تھا، اپنی بچہ گاڑی میں۔۔۔۔ میں امن کے انداز میں آگے بڑھا، وہ جنگ کے خوف سے پیچھے ہٹ گیا لیکن تھوڑی دیر میں سمجھ کے اوپر آجانے سے ہم دونوں نے چشمے اتارے اور دو بھوتوں کی طرح سے ایک دوسرے پر بڑھے' بغیر کچھ کہے سُنے چشمے بدلے، ــ اب ہم دونوں ایک دوسرے سے ہاتھ ملا رہے تھے۔ معاف کیجیے، کے سے جملے دہرا رہے تھے۔ وہ کہہ رہا تھا میرا قصور ہے۔ میں کہہ رہا تھا نہیں، میری حماقت۔۔۔۔ پھر اس نے بتایا کہ کل چشمے کے بغیر اس پہ کیا بیتی۔ کچھ دیر کے بعد مجھے ایسا لگنے لگا کہ وہ میں تھا۔۔۔ یا شاید میں وہ۔۔۔
میں نے جلدی سے کہا ـــ "یا اللہ" اور کان لپیٹ کر چل دیا۔

☆☆☆